कहानियों का गुलदस्ता

-अर्चना गुप्ता

FanatiXx Publication

ISO 9001:2015 CERTIFIED

FanatiXx Publication

AM/56, Basanti Colony, Rourkela 769012, Odisha

ISO 9001:2015 CERTIFIED

Website: *www.fanatixx.in*

"कहानियों का गुलदस्ता"

By: अर्चना गुप्ता

ISBN: 978-93-90117-19-2

Collection of Hindi Short Stories 1ˢᵗ Edition

Cover Design: Sagar Samal

अस्वीकरण

इस पुस्तक में लिखी गई कहानियाँ केवल लेखक की हैं । यदि कोई साहित्यिक चोरी पाई जाती है, तो प्रकाशन उस के लिए जिम्मेदार नहीं होगा ।

यह किताब मेरी प्रेरणा व पथदर्शिका, मेरी बहन,
डॉ. वंदना बतरा को सस्नेह, सप्रेम प्यार सहित
एक छोटी सी भेंट...

प्राक्कथन

सर्वप्रथम इस पुस्तक को पढ़ने के विचार को प्यार भरा नमन।

कहानियाँ हमारे जीवन में एक ख़ास स्थान रखती है। ये कभी हमें हँसाती है, गुदगुदाती है और सरल व रोचक तरीके से जीवन मूल्य व ज्ञान को बढ़ाती है।

रोज़मर्रा में अनेक उतार-चढ़ाव, दुख-सुख व आशा-निराशा के भाव आते रहते है और ऐसे समय में पुनः एक नवीन ऊर्जा, उत्साह व उमंग की किरणें हम में जगाती है।

मन उदासी से घिरा हो तो एक मज़ेदार क़िस्सा अचानक मन के भाव बदल सकता है और जैसे ही मन बदलें तो परिस्थितियाँ भी खुदबख़ुद बदल जाती है। है ना..

जीवन के अनुभव जब अल्फ़ाज़ बन कर क़िस्सों में तराशे जाते है तब उसी मोती की माला से कहानियाँ जन्म लेती है।

इन कहानियों को पढ़ते हुए अगर एक हल्की सी मुस्कान आपके लबों पर आएँ, आपको कोई कहानी कुछ सोचने पर मजबूर कर दें, कहीं किसी कहानी के किरदार में आप स्वयं को महसूस करें तो यही इस किताब की उपलब्धि व प्रेरणा होगी।

परिवार का भरपूर सहयोग व स्नेह मिला, ख़ासतौर से बिटिया अनुभा व हमसफ़र श्री अजय जी का दिल से आभार।

इस पुस्तक को इस रूप में लाने में श्रीमती श्वेता राय का विशेष योगदान रहा, प्यार भरा शुक्रिया।

सुधी पाठकों के अमूल्य सुझावो की प्रतीक्षा रहेगी।

अनुक्रमणिका

1) 'मिस फजीता'

विषय पढ़कर आप चौंक गए होंगे व मंद–मंद हँसी भी आ रही होगी कि भई, ये शीर्षक कैसा है, मिस फजीता। यानि कोई ऐसा शख़्स जो फजीहत करे। जी हाँ, दुरुस्त फरमाया आपने।

ये कहानी एक छोटी सी, प्यारी सी, मासूम सी नटखट व शैतान लड़की की है जिसे सब बेहद प्यार करते हैं और उसके नए–नए कारनामों से पहले परेशान होते हैं पर फिर ममतावश सुंदर तरीके से जग भर को सुनाते हैं और जब भी बताते हैं तो साथ में कहते हैं,"मिलिए ये हैं हमारी मिस फजीता।"

तो चलिए शहर के उस मोहल्ले कृष्णानगर की ओर रुख करते हैं। क्या कहा? मोहल्ला? ये शब्द कुछ पुराना लग रहा है, अब तो नए–नए नाम आ गए हैं, परंतु जनाब आपने बिल्कुल ठीक सुना, ये आज से करीब 35 साल पहले की बात है।

मैं नीता, अपने सरकारी नौकरी में नियुक्त पति के संग अपनी शादी के बाद पहली पोस्टिंग पर इस शहर में आयी थी। अब जिस घर में आयी थी वो घर क्या, कुछ हवेली टाइप का घर था। स्वयं मकान मालिक जो पेशे से डॉक्टर थे, बेहद हंसमुख व हाजिर जवाब। हर बात पर कहानी, किस्से, उदाहरण, कहावतें

उनकी जुबान पर रहते थे। बात करो, तो कुछ न कुछ उनके पिटारे से निकल आता था। आजकल वह भगवान के पास जरूर उनको भी अपने हास्य–व्यंग्य से खूब हँसा रहे होंगे।

तो डॉक्टर साहब के परिवार में उनकी बेहद समझदार व्यवहार कुशल पत्नी, दो बेटे व एक बेटी, सभी कॉलेज में पढ़ रहे थे, एक हिस्से में रहते थे। उसी आँगन के ठीक उनके सामने दूसरी तरफ के हिस्से में मैं अपने पति के साथ किराए पर रहते थे। पीछे की तरफ भी खुला बड़ा आँगन था, जहाँ एक और परिवार किराए पर रहता था और ऊपर छत पर भी एक कमरे के सेट में एक नव विवाहित दम्पत्ति रहते थे तो कुल मिलाकर भरा–पूरा घर, जहाँ मकान मालकिन, जिन्हें हम सब प्यार से ताईजी कहते थे। असल में उसी गली में मेरे सगे ताऊजी रहते थे उन्होंने ही यह घर हमें दिलवाया था तो लिहाजा उन्हीं की उम्र के मकान मालिक भी थे तो उन्हें भी ताऊजी, ताईजी के सम्बोधन से बुलाया।

सभी लोग बेहद खुशमिजाज, बातचीत में माहिर व हर बात पर हँसने–हँसाने का माहौल था, जिसका श्रेय ताऊजी यानि मकान मालिक डॉ. साहब को जाता है।

खैर, समय बीता, मैं एक नन्हीं कली की माँ के मातृत्व से गौरन्वान्चित हुई। सब लोग बेहद प्रसन्न थे क्योंकि बड़े लोगों के बीच एक हिलता–डुलता, हँसता–खेलता खिलौना जो आ गया।

मुझसे ज्यादा सब लोग इस गुड़िया से बातें करते। अपने–अपने काम में जाने से पहले सब मिलते–मिलाते व शाम को आकर पहली हाजिरी गुड़िया के साथ लगती।

बहुत ही आत्मीयता व प्रसन्नता से भरे दिन थे। अब गुड़िया ने बैठना व चलना शुरू किया। जल्दी चलना शुरू कर दिया... सब हैरान थे। ''अरे! बड़ी जल्दी चली भाई ये तो। दुनिया का चक्कर लगाएगी क्या?''

यहाँ इस घर की खासियत थी कि हर बात या तो मजाक के रूप में कही जाती या कभी–कभी लगता टाँग–खिंचाई हो रही है तो कभी कोई खिसिया सा जाता और चुपके से महफिल

से पतली गली में निकल जाता तो कोई–कोई अपनी बात मनवा कर ही उठता है, वहीं जम जाता है यानि जैसे मेरे पतिदेव।

पर कमाल ये हुआ कि गुड़िया चुस्त–दुरुस्त तो बहुत थी पर बोलती नहीं थी। मम्म्म या पाउउपा बस दो–चार शब्द। सब चिंतित होते कहते कि माँ पर चली गई यानि मुझपर क्योंकि मुझे हर वक्त बकर–बकर करना समय का सबसे ज्यादा दुरुपयोग करना लगता था।

तो गुड़िया का गुड़िया से मिस फजीता बनने कर सफर कुछ ऐसे शुरू हुआ।

डॉ. साहब के यहाँ साईकिल पर हर सुबह एक दूध देने वाला आता था। जिसे सब दूधिया भैया कहते थे। दूध लेने के बाद उस दूध में रसोई में थोड़ा पानी मिलाया जाता था क्योंकि उनके परिवार के सदस्यों के अनुपात में दूध कम आता था और सब चाय के शौकीन कुछ ज्यादा ही थे तो दूध की मात्रा इस तरह से बढ़ाई जाती थी। मजे की बात ये थी कि जैसे ही दूध वाला आता तो मेरे पति जो स्वयं बहुत विनोदप्रिय हैं, जोर से आवाज लगाते पानीवाला दूध, पानीवाला दूध, दूध वाला झेंपकर रोज कहता,‘‘नहीं भैया, हम तो पानी नहीं मिलाए हैं, आप काहे ऐसा बोलते हैं?’’

पतिदेव कहते,‘‘जानते हैं भैया, पीछे कोनो टंकी से मिलाए हो फिर उसी पानी वाले दूध में रसोई में पानी मिलता।’’ ये रोज का नजारा था। गुड़िया बोल नहीं पाती थी पर देख तो पा रही थी, बस फिर क्या था, एक दिन जब दूध का भगौना पानी मिलाने के बाद उबलने के लिए स्टोव पर रखा गया तो लगा आज इतना ज्यादा दूध कैसे हो गया?

ताईजी ने देखा तो अपनी बिटिया को आवाज दी,‘‘अरे संगीता...दूध ज्यादा लिया है क्या आज? कुछ बनाने का मन है?’’

‘‘नहीं तो’’, संगीता दौड़कर आई। ‘‘उतना ही लिया है हमने तो।’’

‘‘तो ये भगौना ऊपर तक कैसे भर गया?’’ ताईजी ने पूछा।

''पता नहीं।''

अब घर का वातावरण अचानक कुछ गरम हो गया। डॉ. साहब की आर्थिक स्थिति बस ठीक–ठाक ही थी। परिवार बड़ा था तो उसी हिसाब से खर्चे भी। तो साहब, आज पूरे घर का प्रिय विषय बन गया कि किसने दूध ज्यादा लिया। एक–दूसरे से पूछताछ का दौर शुरू हो गया। आजतक ऐसा नहीं हुआ क्योंकि पानी की मात्रा कितनी मिलानी है, यह तो रोज मिलाने वाले को पता थी।

पतिदेव ऑफिस के लिए तैयार हो रहे थे। शोरगुल सुनकर बाहर आए बोले,''क्या हुआ ताईजी?''

''अरे! क्या बताए मोहन जी (पूरे मोहल्ले के दामाद बन गए थे हमारे पतिदेव अपने ताऊजी के सामने रहने की वजह से) हमने तो दूध ज्यादा लिया नहीं, पर पता नहीं कैसे दूध ज्यादा आ गया।''

''ये क्या हुआ? दिनदहाड़े आपकी रसोई में कोई आया और ज्यादा दूध दे गया। देखूँ जरा।'' पुलिसिया अंदाज में इन्होंने देखा और खूब जोर से हँसकर बोले,''अरे गजब हो गया, दूध ज्यादा नहीं दिया पानी ज्यादा मिलाकर दे गया।'' इन्होंने दूध को थोड़ा कटोरी में लिया व कहा कि आज तो दूधिया बेवकूफ बना गया अच्छे से। लगता है पानी मिलाते हुए टंकी बंद करना भूल गया और आपको इसलिए ज्यादा दे गया।

''अच्छा...आने दो कल, न हिसाब पूरा किया तो......''ताईजी एकदम आवेश में आ गई। फिर बोली,''बरसों से इसी से लेते है, और देखो, कैसे गड़बड़ कर गया।''

खैर पूरे दिन खुसुर–पुसुर चलती रही। अगली सुबह का बेताबी से इंतजार था।

मुझे लग रहा था बेचारा आज जब आएगा तो उसकी खैर नहीं। पहले सुनेगा सबसे, और इतना पुराना ग्राहक भी हाथ से जाएगा।

अचानक चिरपरिचित आवाज आई,''हाँजी माताजी, दूध ले लो।''

माताजी ने दूध लिया, अब माताजी के साथ पूरे घर के हर कमरे के बाशिंदे भी थे, मानों मिलकर कत्ल ही कर देंगे बोल–बोलकर।

''रुक जरा, दूध का भगौना रखकर आती हूँ, तुझे......'' एक निरीह रूप से उसने देखा कि ऐसा क्या हुआ जो इतने चेहरे एक साथ आ गए।

''क्यों रे मुँए, इतने सालों से दूध ले रहे हैं, पानी मिलाकर लाता है, अब तो अंधेर ही मचा दी, हमें दूध में पानी देगा या पानी में दूध? शर्म नहीं आती इत्ती बेईमानी करते?''

उस दूधिया का मुँह खुला का खुला रह गया। इतना बड़ा आरोप कि ज्यादा पानी मिलाता हूँ यानि पानी मिला रहा है ये तो माताजी जानती है, पर उसमें ज्यादा क्यों मिलाया, शिकायत ये है।

हाथ जोड़कर बोला,''कसम खाऊँ जी बालकन की अपनी, जो मैंने ऐसा गुनाह किया हो, कुछ गलतफहमी हो गयी आपको जी।''

''अच्छा तो अक्ल भी तू ही सिखाएगा।''

अचानक दूधवाले की आँखों में चमक आई और बोला,''जी अकेले आपको थोड़े ही दूँ ये सब भी तो ले हैं, इसी डिब्बे से दूँ हूँ सबन को, क्या आपके यहाँ भी दूध घना ही पतला था?'' मुझसे व अन्य दो किराएदार परिवारों से पूछा उसने।

''हाँ, ये बात तो सही है, हमें तो ठीक मिला।'' बस दूधिया की मूंछें तन गई और ताईजी को लगा ये क्या हुआ उनसे कहाँ गलती हुई। बोली,''भगौना तो पूरा भरा था कैसे?''

''ऐसे जी, ऐसे'', पीछे से उनके छोटे बेटे कन्नू ने कहा।
''क्या हुआ? क्या हुआ?'' सब दौड़े पीछे की ओर। दूधिया भी अंदर आ गया।

''देखो! दूध का भगौना आज फिर से ऊपर तक भरा है।'' ताईजी को अपनी इस बात पर गुस्सा आ रहा था, क्योंकि दिल की बहुत अच्छी थी, कभी किसी से जोर से भी नहीं बोलती थी और फिर बिना जाँच पड़ताल के दूधिये को गलत ठहराकर इतना भला–बुरा कह दिया।

''माफ करना भाई, तुम्हें बेमतलब इतना बोल दिया।''

''कोई बात नहीं माताजी, बड़ी हैं आप, डाँट दिया कोई बात नहीं।''

''पर ये फजीहत किसकी वजह से?'' दूधिया थोड़ा सा अकड़कर बोला।

अचानक सबकी निगाहें मम्मी के पीछे छिपी दो नन्हीं आँखों की जोड़ी की तरफ घूम गई जिसे समझ नहीं आ रहा था कि ये लोग खुद पानी मिलाएं तो ठीक और उसने भी देखा–देखी रसोई में जाकर दो गिलास और मिला दिया तो ऐसी क्या आफत आ गई।

''अरे, अरे!! तो ये है वो जिसने ये फजीता किया।'' ताऊजी बोले,''आज से इसका नाम हुआ 'मिस फजीता'।'' सबके ठहाके बता रहे थे कि सब इस नाम से सहमत थे।

सब सहमत थे पर जानना चाह रहे थे कि ये अटपटा सा नाम डॉ. साहब के दिमाग में क्यों और कैसे आया।

'' 'गिस फजीता'? ये कैसा नाम है? ये ही नाम क्यों?'' सब एक साथ बोले।

''देखो जब ये गुड़िया हुई थी तो उस समय जो दंगे हुए थे ना। उसमें न जाने कितने लोग मारे गए बस किसी एक की आत्मा जो फजीता करने में भी रहती होंगी उसी की आत्मा आ गई होगी।''

''ये बात सच है ताऊजी।'' मैंने कहा कि गुड़िया के जन्म के समय शहर में बहुत भयानक दंगा हुआ था। हिंदू-मुसलमान न जाने क्यों अचानक एक-दूसरे के दुश्मन बन बैठे। जिस नर्सिंग होम में प्रसव होना था वहाँ के सारे कर्मचारी गायब हो गए। रात में घर में एक रिक्शा भी रखा ताकि आपात स्थिति में कोई वाहन न मिलने पर इसे इस्तेमाल कर सकें। क्लीनिक यूँ तो पास में ही था। रातभर हर-हर महादेव व दूसरी ओर से अल्लाह हू अकबर की आवाजें आती रहीं। पूरी रात डर, बैचेनी से बीती। स्नेही सासू माँ ने सीने से लगाए रखा व तसल्ली बनाए रखी। उनका ये प्यार भरा अद्भुत रूप था मेरे लिए।

ये बात सच है कि प्रसव और उसके उपरान्त क्लीनिक में बीते 2-3 दिन सोच-विचार करके बीते। अब भी याद करके रोम-रोम सिहर जाता है। घर आकर भी सुकून नहीं मिला था, क्योंकि घर की छत से सटी छत और आगे का मोहल्ला वहाँ मुस्लिम बस्ती थी जिनसे मुझे डर लगता था कि न जाने कब क्या हो जाए। घर के लोग लेकिन आश्वस्त रहते थे उन्हें अपने मुस्लिम भाईयों पर पूरा भरोसा था और मुझे भी समझाते थे पर मुझे डर लगता था।

सबने कहा कि हाँ, ऐसा ही लगता है, जरूर किसी फजीहत वाले इंसान की आत्मा ही आ गई होगी। गुड़िया टुकुर-टुकुर इस नाम को सुन रही थी, कुछ समझ आने का तो सवाल ही नहीं था पर उसकी शैतानी मुस्कान बता रही थी,''अच्छा....ठीक है, मेरा नाम

बिगाड़ा, जरा सा पानी मिलाने पर। मजा चखाती हूँ सबको", क्योंकि आगे की घटनाएँ अप्रत्याशित थीं।

कुछ समय बीता और गुड़िया अब छोटे–छोटे वाक्य बोलने लगी थी। विचार बना कि पास के किसी स्कूल में भेजा जाए। पता करने पर पता चला कि पास में एक अच्छा स्कूल है। एक दिन मैं, गुड़िया व सासू माँ बात करने गए। प्रधानाचार्य कक्ष में जानकारी ली जा रही थी व उन्हें जो जानकारी चाहिए थी वो हम दोनों दे रहे थे। अचानक बराबर वाली क्लास से शोर आया। मैडम ने घंटी बजाकर माजरा क्या है जानना चाहा, हकीकत जो सामने आई तो मेरी व सासू माँ को समझ नहीं आ रहा था कि क्या करें।

पता चला कि आँख बचाकर न जाने कब गुड़िया जी हम दोनों को चमका देकर पास की क्लास में चली गई व चूँकि वहाँ खाने का अवकाश था तो लिहाजा सब बच्चे अपने–अपने लंच बॉक्स खोलकर देख रहे थे कि आज उनकी मम्मियों ने क्या–क्या भेजा है।

अब आया की बात मानें तो नज़ारा क्लास में ऐरो घटा कि मैडमजी ये लड़की क्लास में आई थी और इसने सब बच्चों का लंच बॉक्स घूम–घूमकर देखा और एक बच्चा जो आज नूडल्स लाया था, उसका बॉक्स झपट लिया और उस बच्चे को धक्का दे दिया और जल्दी–जल्दी उसका लंच बॉक्स खाली होने लगा।

''क्क्या!!!'' मेरा मुँह खुला रह गया। मुझे यकीन नहीं हो रहा था कि कुछ मिनटों में ही ये सब घट गया।

दादी की क्योंकि सिरचढ़ी थी, मजाल है कोई कुछ कहने की हिम्मत करने की सोच सके।

''क्या बोल रही हो तुम? ऐसे–वैसे घर के नहीं है, घर से अच्छे से खिलाकर लाए हैं। बच्चा है, साथ में बैठ गई होगी।''

''नहीं अम्माजी, बैठी नहीं थी, झपटा मारे है,'' आया ने दबंगता से कहा।

''मैडम कहाँ थी तब?'' प्रधानाचार्या ने पूछा।

''वो, जी वो... सुस्त बच्चा है न क्लास में, अंकित, उसे तो रोज खिलाना ही पड़ता है, आप तो जानत ही हो मैडमजी'', आया ने प्रधानाचार्या जी पर अपने स्कूल की जानकारी का प्रश्न दाग दिया।

''अच्छा–अच्छा, हाँ–हाँ......''

''सुनो, एक काम करो, लो ये कुछ पैसे। बाजार से उस बच्चे के लिए कुछ मँगा दीजिए'', मैंने पर्स खोलते हुए कहा।

''अरे, नहीं–नहीं, कोई बात नहीं, और बच्चों के साथ शेयर करा दो।

मन कर रहा था कि निःशुल्क सेवा (यानि पिटाई) की जाये। पर लगा हो सकता है सबको खाना खाते देखकर मन कर आया हो।

पर हम दोनों की फजीहत तो हो ही चुकी थी। तब तक रूपये जमा करने की बात चल रही थी। तो एडमिशन वापिसी मतलब और फजीहत।

''आपको अपने बच्चे को लंच बॉक्स देना चाहिए था।''

''वो आपकी बात दुरुस्त है पर आज तो सिर्फ बात करने आए थे। कल से लंच बॉक्स साथ में लाएँगी।''

''चलिए कोई बात नहीं, बहुत शैतान है, हूँ...'' मैडम ने चुटकी ली।

रास्ते भर दोनों समझाते रहे कि किसी का खाना नहीं खाते। जवाब था,''नहीं हो तो क्या करें, भूख लग गयी थी, आपने दिया नही तो खा लिया। खाना तो खाने के लिए ही होता है ना।''

क्या बोलें अब.............

अभी दो दिन नहीं बीते थे अब एक और वाक्या।

उन दिनों शौचालय सफाई के लिए जो आंटी आती थी वो सुबह साफ करने के बाद दोपहर में सब घरों से रोटी लेकर जाती थी। ऐसा ही रिवाज था, आजकल की तरह फ्लश सिस्टम इतने प्रचलन में नहीं आए थे।

आज दोपहर को ना आकर वो आज थोड़ी देर से आई। वह सीढ़ियों पर बैठकर आवाज लगाती थी। आज भी ऐसा ही हुआ। पर साथ में एक आवाज और आई......''अरे जल्दी लाओ ना...''

''ऐ–ऐ!!! कौन बोला ये?'' सब कमरों से कई जोड़ी आँखें झाँकने लगी।

''ऐ...गुड़िया क्या कर रही हो यहाँ? चलो अंदर अपने कमरे में'', ताईजी बोली।

''ना जी, यहीं बैठेंगे, इन आंटी के पास। हमें बहुत अच्छी लगती हैं। इनकी टोकरी में से रोटी खाएंगे।''
आंटी व सब हँस रहे थे।

''लो बिटिया, ले लो।'' आंटी ने प्यार दिखाया।

''अरे, आप रखिए, इसकी प्लेट अंदर लगी हुई है।'' मैंने गुड़िया को आँख दिखाई,''समझाया था ना। किसी का खाना नहीं लेते।''

थोड़ा सा सहम गई थी।

पर एकदिन बाद फिर वही हाल और वही चाल।

मुझे किसी की आवाज दरवाजे पर सुनाई दी। ''गुड़िया......अपनी मम्मी से पैसे लाके दो ना।''
मैं एकदम बाहर आई। आवाज किसी अजनबी इंसान की थी।

"क्या हुआ? कौन हो तुम? किस बात के पैसे माँग रहे हो?'' मैंने थोड़ा डाँटते हुए बोला।

"जी...जी...वो आईसक्रीम के..." वो थोड़ा घबरा के बोला।

"कौन सी आईसक्रीम के?'' मैंने पूछा।

"ये गुड़िया हमसे लिए हैं।'' उसने गुड़िया की तरफ इशारा किया मैंने मुड़कर देखा। खम्भे की ओट में गुड़िया स्वाद लेले कर आईसक्रीम खाई जा रही थी।

मुझे एकदम गुस्सा आ गया। इतना समझाती हूँ पर इसकी समझ में नहीं आता। हर जगह बेनीतापन (लालचीपन) एक जोर से चांटा लगाया।

"क्या हुआ?'' फिर वही नज़ारा, हर कमरे में झाँकती आँखें। गुड़िया की आईसक्रीम झिटककर गिर चुकी थी और स्वयं गुड़िया भी। दाँत में से खून आ रहा था, जहाँ गिरी थी वहाँ अधपक्का सा फर्श था ईंटों का।

"अरे नीता! क्या कर रही हो? अरे, इस जरा सी आईसक्रीम के लिए मारोगी क्या?''

"और तुम, किससे पूछकर दी तुमने? दान में दी क्या...'' मैंने गुस्से से बड़बड़ाते हुए पलटकर कहा।

पर ये क्या–आईसक्रीम वाला तो डर के मारे उड़नछू हो गया।

''रोको उसे, पैसे लेकर जाए।'' थोड़ा शांत हो गई मैं गुड़िया के मुँह से खून आते देख। उसे उठाया—गले से लगाया,''कितनी बार बोलूँ कि कुछ चाहिए तो मुझे बोलो ना। किसी से छिनोंगी, किसी से माँगोगी और अब रोक—रोककर किसी से भी कुछ भी ले लोगी।''

कोई हामी या आश्वासन नहीं मिला गुड़िया का। बस गले लगकर रोने लगी और मैं भी। इतनी सी बात के लिए अपनी गुड़िया को थप्पड़ लगा दिया।

माँ—बेटी रोते—रोते सो गई। कमरों से झाँकती आँखें वापिस अपने—अपने काम में लग गई।

प्यारी सी थी—सबकी और चहेती हो गई। लगाव की पराकाष्ठा तो ये हो गई जब एकदिन डॉ. साहब अपने क्लीनिक से आकर खाना खा रहे थे और संग में गुड़िया भी उनकी थाली में उनकी सब्जी की कटोरी में अपनी अँगुलियाँ डुबो—डुबोकर साथ में खा रही थी और नाक से आती धार को भी संग—संग सँभाल रही थी।

मेरी आवाज पर जब आवाज ताऊजी के कमरे से आई तो मैं लपककर उधर गई और नज़ारा देखकर दंग थी।

''अरे!!! ये क्या कर रही हो?'' मैंने जोर से डाँटा गुड़िया को। ''अरे... हटो वहाँ से, ताऊजी को ठीक से खाना खाने दो।''

पर ये क्या, कोई असर नहीं। ताऊजी व गुड़िया रस–रस लेकर स्वाद से खा रहे थे। गुड़िया ने दाँत चमकाए और जताया कि उसे नहीं आना।

मैंने ताऊजी की तरफ रुख किया और नाराजगी दिखाते हुए कहा,''ताऊजी आपको बुरा नहीं लग रहा है, इसकी नाक बह रही है उफ्फ!!! मैं तो नहीं खा सकती ऐसे, छि:...... आपको फर्क नहीं पड़ रहा है क्या?''

''सुनो, जब दादी–नानी बनोंगी तो बुरा नहीं लगेगा।'' ताऊजी ने आराम से जवाब दिया।

''बिल्कुल नहीं, दादी बनने पर भी मैं तो ऐसे खा ही नहीं सकती। देख लेना।''

''ठीक है, जिंदा रहा तो जरूर देखूँगा।''

''काश! आप जरूर जिएँ व देखना'', मैं अपने कमरे की तरफ लौट गई।

पता नहीं ये कैसा प्यार है, इतनी नाक बह रही है और दोनो चटकारे से खा रहे हैं।

यहाँ ये बताना प्रासंगिक होगा कि काफी वर्षों बाद हम ताऊजी से मिलने आए, दूसरे शहर पोस्टिंग होती रहती थी। पता चला कि ताऊजी बीमार हैं काफी वृद्ध हो गये थे। 95+, हमेशा कहते

थे कि सेंचुरी करके ही जाऊँगा। सब कहते थे कि भगवान करें ऐसा ही हो। जब हम गए तो बिस्तर पर लेटे थे, बहुत कमजोर लग रहे थे, वैसे भी, बहुत पतले–दुबले थे। मैंने पूछा ''आपने पहचाना?'' हँसकर बोले, ''क्यों नहीं।'' गुड़िया ने आगे बढ़कर कहा, ''और मुझे?''

''अरे...मेरी मिस फजीता'', जोर से हँसे। शायद गुड़िया से जुड़ी कड़ियाँ जोड़ रहे थे। क्या–क्या याद कर रहे होंगे। मैंने हिसाब लगाना शुरू किया।

तो वहीं वापिस चलते हैं। पिछली सारी घटनाएँ कुछ दिन तक चर्चा में रहीं। धीरे–धीरे और विषय आते गए। पर एक दिन गजब हो गया। अब गुड़िया खूब बोलने लगी थी। नॉन–स्टॉप। अब किस्सा ये है कि पीछे वाले हिस्से में जो किराएदार रहते थे उनकी लड़की को लड़के वाले देखने आने थे।

पहले ये आम रिवाज था कि एक–दूसरे से क्रॉकरी, साड़ियाँ, गहने आदि ले लेते थे। यहाँ तक कि इसे बड़ी नजदीकी व प्यार समझा जाता था कि घर में से कुछ भी उठा लाए और पूछा तो बता दिया और नहीं तो इस्तेमाल करके वापिस रख दो।

तो जनाब, उनकी लड़की, निशा को, जो लड़के देखने आने वाले थे काफी पैसे वाले थे। अब उनको अच्छा लगे यह सोचकर हमारे घर से क्रॉकरी व सोफासेट उनके ड्राईंगरूम में रख दिया गया। और मुझे हिदायत दी गयी कि गुड़िया उनके वाले हिस्से में न जा पाए।

बड़ा ही मुश्किल काम था ये। दिन का थोड़ा समय तो उसके स्कूल जाने से बीत गया। पर अब क्या? स्कूल से आते ही उसने कहा,''हमारा सोफा कहाँ है?'' मैंने अनसुना किया फिर जब वो नहीं मानी तो कहा,''कहीं और रख दिया है, खराब हो गया है, ठीक करवाना है।'' बाबा रे–झूठ बोलने से बहुत चिढ़ थी मुझे और मुझे बेवजह बोलना पड़ा। उसे अपने कमरे में ही व्यस्त रखने के लिए कैरमबोर्ड निकाला फिर एक कहानी सुनाने का लालच देकर सुलाने की कोशिश की।

''अरे, अभी आती हूँ मम्मा, सबसे आज मिली नहीं।''

''अरे सुनो, रुको...'' मेरी उनींदी आँखों में एक झपकी आ गई।

पर ये क्या, बाघ जैसी चुस्ती–फुर्ती दिखा गुड़िया उनके ड्राईंग रूम में पहुँच चुकी थी।

निशा की मम्मी को भी ताईजी ही कहते थे–उन्होंने मेहमानों को न दिखाते हुए आँखें तरेरकर कहा,'' गुड़िया जाओ, आपकी मम्मा बुला रही हैं।''

''नहीं, मम्मा तो सो गयी, मुझे सुला रही थी ना, मैंने उन्हें सुला दिया।'' लड़के वाले उसके जवाब से प्रभावित हुए। लड़के की माँ ने प्यार से बुलाया।

''यहाँ आओ ना।''

बस यहीं गड़बड़ हो गई। गुड़िया जी ठुमक–ठुमक कर इतराती हुई उनके पास सोफे पर पहुँच गई थी।

''क्या नाम है आपका बेटा?''

''गुड़िया। पर एक बात बताऊँ'', गुड़िया ने कान के पास जाकर कहा बिल्कुल जासूसी अंदाज में।

शायद लड़के की मम्मी उससे ज्यादा प्रभावित हो गयी थी। उसी अंदाज में बोली,''हाँ बताओ ना।''

''ये जिस सोफे पर आप बैठी हैं ना...'' मैं तब तक आ चुकी थी।

मैंने होठों पर उसे चुप कराने की उंगली की, पर सब बेअसर। गुड़िया उतरकर भागकर आई मेरे पास।

''देखो मम्मा, हमारा सोफा यहाँ है, निशा मौसी के घर में। कोई खराब नहीं हुआ था।'' भांडा फूट चुका था।

अब काटो तो खून वाली स्थिति थी। गुड़िया की बात सबको समझ आ रही थी व लड़के वाले दिल खोलकर हँसे व बोले,''बेटा, हम जब चले जाएंगे ना, तुम्हारा सोफा तुम्हारे घर आ जाएगा। ठीक है ना।'' लड़के की मम्मी बोली।

आज अपना बचपन याद आ रहा है, मैं भी ऐसी ही नटखट थी। मैं उसे लेकर जैसे ही मुड़ी वो फिर उधर मुड़ गई। उफ्फ! अब क्या हुआ।

गुड़िया ने हाथ थामकर कहा,''मम्मा देखो हमारे कप में चाय पी रहे हैं।'' सारा कमरा हँस–हँसकर लोट–पोट हो रहा था।

          ''बेटा, दे देंगे ये भी वापिस।''

उफ्फ! सच में ये तो मिस फजीता ही है। निशा व ताईजी जरूर मन ही मन यही सोच रहे होंगे, ऐसा उनके हाव–भाव बता रहे थे। सच पूछो तो मैं भी यही रोच रही थी।

खैर, अगले दो–तीन दिन के लिए एक विषय मिल गया था। अगले विषय न मिलने तक वही चला। पर गुड़िया तो थी ही गुड़िया, हमारी प्यारी मिस फजीता, कर डाला कुछ नया अब की बार।

आँगन बड़ा था तो उसमें ही खेलती रहती थी। मुझे काफी देर से उसकी आवाजें नहीं सुनाई दे रही थी। मैं कपड़ों की अलमारी लगा रही थी। आवाज लगाई।

          ''गुड़िया...यहाँ आओ'',मैं कमरे में ही थी। वापिसी आवाज न आने पर बाहर आई। दिल धड़का ही नहीं, एकदम स्पीड से धड़क गया। पसीने–पसीने हो गई। बाहर मुख्यद्वार खुला पड़ा था और गुड़िया वहाँ नहीं थी। यानि कोई अंदर आया व मेरी नन्हीं कली को

ले गया। मैं इतनी जोर से चीखी कि हर कमरे में झांकती आँखें मय सशरीर बाहर आ गईं।

''क्या हुआ जीजी?'' कुछ बोले।

''अरे नीता, काहे इतना घबरा रही हो, क्या हुआ बेटा?'' ताईजी मुझे देखकर एकदम घबरा गई।

''मेरी गुड़िया को कोई ले गया। वो देखिए, मेन गेट खुला पड़ा है और गुड़िया नहीं दिख रही है......''

''अरे शुभ–शुभ बोलो।'' एकदम सारे अलर्ट मुद्रा में आ गए। सब बाहर भागे। ताईजी का बड़ा बेटा मन्नू मेरे पति के ऑफिस की ओर जो पास में ही था, सरकारी सेवा में शायद मदद अच्छी मिल जाए।

मैं दुर्गा रूप में आ चुकी थी। आँसू पोंछे। मन को तसल्ली दी। रोने का वक्त नहीं है, दिमाग से काम लेने का है। घर सारा खुला पड़ा था। सेफ की अलमारी भी खुली पड़ी थी।

मेरा असली खजाना तो मेरी बिटिया है। पैरों में अचानक गति आ गई। सब लोग इधर–उधर भाग रहे थे। शाम का धुंधलका हल्का–हल्का होने लगा था। पूरे मोहल्ले में ये खबर आग की भाँति फैल गई। मेरे अपने ताऊजी–ताईजी, भाई मिलिंद, छोटी बहन मीता, जो जैसा था एकदम भागे। हर तरफ गुड़िया–गुड़िया की आवाजें गूँज रही थीं।

थोड़ी देर बाद घर वापिस आई, कहीं यहीं तो नहीं। नहीं, यहाँ नहीं थी।

मन बेहद परेशान—स्वयं पर गुस्सा,''क्यूँ बैठी अलमारी लगाने? कौन दुश्मन था? क्यों ले गया मेरे कलेजे के टुकड़े को?'' जो आँसू थामे थी, अविरल गंगा—यमुना से बह निकलें।

रो—रोकर हिचकियाँ बँध गईं। अकल्पनीय चिंताओं से दिल—दिमाग भर गया। न जाने कितनी बार भगवान को याद किया। बस आगे से ध्यान रखूँगी। चंचल है, कब—कब डाँटा मारा, सारा लेखा—जोखा सामने था। खुद पर गुस्सा आ रहा था।

बाहर गए लोग धीरे—धीरे वापिस आ रहे थे। थके, निस्तेज, निराश मन से। सब एक दूसरे को तसल्ली दे रहे थे, पर सब रो रहे थे। मैंने सबको देखा, उठकर कहा,''नहीं, ऐसा नहीं हो सकता, वो यहीं कहीं है, मिल जाएगी। फिर से कोशिश करते हैं।''

मेरे शब्दों ने मानों सबमें जान फूँक दी।

''हाँ जी, हाँ जी, बिल्कुल। चलो फिर देखते हैं।''

ऊपर वाले भाई साहब अब तक नहीं लौटे थे। मुझे न जाने क्यों लगा कि गुड़िया को लेकर आ रहे हैं। विश्वास की जीत हुई। सामने से भाई साहब भागते हुए आए बोले,''जल्दी चलिए।''हाँफ रहे थे, बुरी तरह से।

''कहाँ? मिल गई क्या?'' मैं एकदम खड़ी हो गई।

''मिल गई, मुझे नहीं दे रहे वो लोग। आप चलिए जल्दी।'' वो बहुत बैचेन थे। मैं, आज जिसे सब क्वीन ऐलिजाबेथ मेरे रहन–सहन की वजह से बुलाते थे, आज मैं फकीरों की तरह नंगे पांव सड़क पर दौड़े जा रही थी। घर पर ताईजी को छोड़ सारा मुहल्ला साथ–साथ भाग रहा था।

''वो रही।'' ऊपर वाले नितिन भाई साहब ने साँस में साँस ली। ''कहाँ?'' मैं अपने जिगर के टुकड़े को देखने के लिए बेकरार थी। आँखों पर जोर दिया, सामने एक चारपाई पर बैठी कुछ खा रही थी। मैं उस दिन सड़क पार करते समय सारे नियम कायदे भूल गयी। गाड़ियों के कई हॉर्न एक साथ बज रहे थे। जिस स्पीड में मैं थी, चारों दिशा के गाड़ी वाले चकरा रहे थे कि ये सड़क पर क्या हो रहा है, ये सब भाग क्यों रहे हैं?

''ये इस बच्ची की मम्मी हैं।'' नितिन जी ने उस आदमी से कहा जो अंदर दुकान में बैठा था। पास में बाहर एक प्रैस वाला कपड़ों की गठरियाँ बना रहा था।

''हाँ, तो बहनजी, अब आप बताइए, अभी इन साहब से पूछा था कि भैया, पाल नहीं सकते हो तो पैदा काहे करा।''

''अब बताइये जीजी, मैं बार–बार समझा रहा हूँ कि मैं मामा लगता हूँ, हमारी नीचे रहने वाली जीजी की बिटिया है, सब परेशान

हैं हमें दे दो। नहीं दे रहे, कहते हैं कि इतिहास में कंस भी मामा ही थे। बताइए हमें कंस बना दिया।''

सब हँसने लगे। नितिन भैया बोले,''देखिए, हँसिए मत। दिल पे लगी है इन साहब की बात। चला दुकान रहे हैं और हमें इतिहास पढ़ा रहे हैं और इनकी छोड़िए जब हमने कहा कि गुड़िया से पूछो तो हम कौन हैं तो क्या बोली ये...'' अब सारी टोली अपनी चिरपरिचित मजाक मूड में आ गई थी। ''बोली ये हमारे मामा नहीं हैं, ये तो पान वाले भैया हैं, अच्छे वाले भैया नहीं हैं, हमारी मम्मी कहती हैं।''

अब मैं कटघरे में आ गयी। बच्चों के सामने संभलकर बोलना चाहिए, ये आज अच्छे से समझ आ रहा था। हमें पान खाने वाले जरा ज्यादा पसंद नहीं आते। इसलिए घर पर उनको पानवाले भैया कहते रहते थे।

    ''सॉरी नितिन भैया। आप तो सबसे अच्छे व हमारे लिए आज भगवान जैसे हो, आपने हमारी लाडली को हमसे मिलवाया।'' मैंने दोनों हाथ जोड़कर माफी माँगी। दिल तो दिल ही होता है, पिघल गया।

    ''अरे जीजी, ऐसे मत बोलो, आप हमसे बड़ी हैं, माफी माँगकर अपने छोटे भाई को शर्मिंदा न करो।''

अब उन दुकानवाले भाईसाहब की तरफ देखकर कहा,''आप सही कह रहे हैं कि पैदा किया है तो पालने का शऊर यानि तरीका भी

आना चाहिए। इतनी चंचल है कि आँख झपकते ही कुछ न कुछ हरकत कर जाती है। धन्यवाद भाई साहब।''

''अरे, धन्यवाद तो इन प्रैसवाले का करिए। इन्होंने देखा कि एक बच्ची रोती हुई जा रही हैं।''

''क्या? रोती हुई?'' कल्पना में न जाने कितने रास्ते में रोते हुए बच्चे दिखते हैं। दिल बैठ गया, अगर न मिलती तो बस कल्पनाओं में कुछ सेंकड्स में तीनों लोक के चक्कर लग गए। शाम थी पर दिन में तारे दिखने जैसा दृश्य था।

''अरे बहन जी, क्या हुआ? काहे रो रही हैं आप?'' प्रैसवाला आराम से बोला। इसके रोने की सुनकर रोना आ रहा है, मैंने आँसू पोंछते हुए कहा,''अरे, घर से निकलकर जब माँ नहीं दिखी तो घबरा न गई होगी बस इत्ती सी ही तो है, क्या करती, रोने लगी।''

मैंने आगे बढ़कर प्रैसवाले भैया व दुकानवाले भैया के पैर छूने चाहे, तो एकदम घर के बड़ों की तरह बोले,''अरे बिटिया, क्या कर रही हो, हमारी बेटी जैसी हो। तुम्हारी बिटिया बहुत चंचल है। ध्यान रखा करो।''

खैर! अब सब घर की ओर मुड़ गए। घर पर पतिदेव थे और वो एकदम घबराए हुए थे। हम सबको व गुड़िया को देखकर लपककर अपनी गोद में लिया। फिर रोज की भाँति अपने स्कूटर पर घुमाकर लाए। ये रोज का नियम था कि ऑफिस से आकर एक पूरा बड़ा

चक्कर स्कूटर पर घुमाते और इसी बीच हम चाय के साथ नाश्ते का इंतजाम करते। रात को सोते वक्त कहानी सुनकर ही सोती थी। आज उसे जो कहानी सुनाई कि घर से बाहर अगर अकेली जाओगी तो गंदेवाले बाबा झोली में डालकर ले जाएँगे। अपने मम्मी या पापा के बिना कहीं नहीं जाते।

मुझे लगता था कि उसे इतना उपदेश दिया, अब वो ध्यान देगी लेकिन नहीं, मुझे यह लगने लगा कि ये बात सुनती ही नहीं, हमें लगता है हम उसे अच्छे से समझा रहे हैं पर उसका ध्यान कहीं ओर होता है।

ऐसा ही घटा। मुश्किल से महीना भी नहीं बीता होगा कि एक शाम फिर गुड़िया खेलते–खेलते गायब। फिर मुख्यद्वार बंद नहीं था सबको ध्यान रखना होगा, ऐसा सबको बता दिया गया था। क्योंकि जो घर के दो और द्वार थे यानि एक इस गली में व दूसरा दूसरी गली में खुलता था, हमेशा बंद मिलते। पर आज क्या हुआ। किससे गलती हो गई, 'अपराधी कौन' की तर्ज सब फिर भाग–दौड़ में लग गए। मुझे रोना आ रहा था व गुस्सा भी। आज न कसके पिटाई करूँगी बस मिल जाए।

न मिलने पर गुस्सा कम व रोना व निराशा बढ़ती जा रही थी। आज पतिदेव भी घर पर थे तो वो भी एकदम अलर्ट व खोज में निकल

गए थे। अंधेरा बढ़ता जा रहा था और इसी के साथ निराशा के पल भी। अब उसके मिलने की आशा कम होती जा रही थी।

सब अपनी–अपनी खीज ये कहकर निकालते,''दरवाजा किसने खुला छोड़ा?'' मैंने सोच लिया था कि मकान बदलना होगा। दो–दो मेन गेट, कौन कितना ध्यान रखे। इतने लोग रहते हैं, घर कम, सरायघर ज्यादा लगता है कभी–कभी। हर वक्त चपर–चपर बोलने में, सभी रिकार्ड तोड़ने में लगे रहते हैं। बक–बक करना व चाय पीना, सारे दिन, सारे लोग बस कौन सुंदर, कौन असुंदर, काला कौन, गोरा कौन। सिर दुखने लगता है। न पढ़ने का मन किसी का न कोई उपयोगी बात।

मुझे रह–रहकर घर–घरवालों पर गुस्सा आ रहा था जब हम परेशान होते हैं, तो दूसरों की कमियाँ निकालने लगते हैं क्योंकि शायद दोषारोपण करने से हम स्वयं को सही साबित दिखाने की चेष्टा करते हैं।

मन फिर से आकुल व्यथित व बेहद निराश था। समझ ही नहीं आ रहा था कि इस बार कहाँ चूक हो गयी। कहाँ ढूँढे और कैसे जाने कि गुड़िया कहाँ होगी?

जब कुछ नहीं सूझता तो भगवान याद आते हैं। हम सभी जानते हैं कि 'सुख में जो सिमरन करें तो दुःख काहे को होय' पर भूल जाते हैं रोजमर्रा की जिंदगी में कुछ रास्ता नहीं सूझ रहा था। बहुत

मुश्किल से मन को एकाग्र किया व ध्यान लगाया और उस परम परमेश्वर को पुकारा। मुझे नहीं मालूम कि सच में भगवान होते हैं या नहीं। पर थोड़ी देर में एक आवाज सुनाई दी, गुड़िया के रोने की धीमी–धीमी सी आवाज, दबी–दबी सी। अर्जुन की तरह मछली की आँख की तरह ध्यान में रखते हुए ध्यान से सुना। शायद ऊपर छत से आवाज थी।

भगवान को रास्ता दिखाने का धन्यवाद देते हुए मैंने अपने पति व अन्य सबको चुप रहने का संकेत दिया व धीरे से कहा,''ध्यान से सुनना, गुड़िया की आवाज आ रही हैं, शायद ऊपर से।''

उस समय मोबाइल नहीं थे, नहीं तो पूरी वीडियो बन जाती कि कैसे सब लोग धीरे–धीरे छत पर पहुँचे लेकिन वहाँ कोई नहीं था सबने मुझे ऐसे घूरा जैसे मैंने उन्हें बुद्धु बनाया। पर मैं आश्वस्त थी व स्वयं पर भरोसा भी था कि हाँ, मैंने उसकी आवाज सुनी है।

सबने सबको संकेत किया कि एकदम शांत हो जाए फिर ध्यान से सुना कि हाँ, आवाज आ रही थी। अचानक छत के एक कोने की तरफ जहाँ ताईजी का कुछ बेकार सामान रखा होता था, वहाँ सबकी निगाहें घूम गई।

टॉर्च की रोशनी से देखा तो गुड़िया चुपचाप एक कोने में सहमी, डरी बैठी थी व रो रही थी।

मुझे देखकर एकदम उठकर आयी और गले लगकर जोर–जोर से रोने लगी। आज सब फिर अपने–अपने आँसू पोंछ रहे थे मेरी हिचकियाँ व गुड़िया का सुबकना बंद ही नहीं हो रहा था। सारा गुस्सा हवा में उड़ गया था। खुद पर गुस्सा आ रहा था कि एक छोटी सी बच्ची का ध्यान नहीं रख पाती मैं।

नीचे आकर पहले उसे कुछ खिलाया। सबके लिए चाय बनाई। वो मुझे छोड़ ही नहीं रही थी न ही किसी के पास जा रही थी। डरी हुई थी। मेरे पति ने कहा, "चलो बाहर चलते हैं।" पर आज उसने उसके लिए भी मना कर दिया। कंधे पर सिर रखे–रखे सो गई। अगली सुबह भी वो मुझे नहीं छोड़ रही थी। मेरा किसी भी काम में मन नहीं लग रहा था। मेरे मन में कहीं न कहीं उसके फिर से इधर–उधर होने का डर बैठ गया था। स्कूल भेजने में भी डर लग रहा था। नहीं भेजा एक दो दिन। दोपहर में जब वो थोड़ा ठीक लग रही थी, मैंने प्यार से पूछा, "मेरी प्यारी सी गुड़िया कल ऊपर कैसे पहुँच गई?" उसका जवाब सुन मैं चकरा गई।

"वो न बाहर वाला गेट खुला था," उसने मेन गेट की तरफ इशारा किया तो फिर मैंने उत्सुकतावश पूछा।

"मैं जैसे ही वहाँ गयी ना, सड़क पर एक बाबा खड़े थे उनके हाथ में बहुत बड़ा बैग था, मेरे स्कूल बैग से भी बड़ा।"

"अच्छा फिर?" मैंने फिर सवाल दागा।

''मैं डर गयी। मुझे लगा वो मुझे पकड़ लेंगे। इसलिए मैं ऊपर छत पर छिप गई।''

''ओह!!! पर तुमने आवाज क्यों नहीं लगाई मुझे? मेरे बच्चे।'' मैंने लाड़ से गोद में बिठाया।

''और थोड़ी देर बाद नीचे क्यों नहीं आई?''मैंने पूछा।

''मैं सो गयी थी।'' उसने बहुत भोलेपन से कहा, ''फिर जब उठी तो रात हो गई। मुझे डर लग रहा था, मुझे रोना आ रहा था, मुझे आपकी याद आ रही थी मम्मा।'' वो रोने लगी।

''अले...मेरा स्वीट बच्चा, मैं हूँ न। मम्मा के होते मेरी गुड़िया को कुछ नहीं हो सकता। मैंने लपककर उसे गले लगा लिया।''
माँ–बेटी के आँसुओं की अश्रुधारा बह निकली। दुनिया का सबसे सुंदर व मजबूत रिश्ता। उस दिन अहसास हुआ कि अपनी बात मनवाने के लिए बच्चों को डराना ठीक नहीं। दूसरे, बच्चों को यह विश्वास हमेशा दिलाना चाहिए कि कुछ भी हो, मम्मी–पापा हमेशा साथ होते हैं चाहे जो कुछ हो जाए। तीसरे, बच्चों से संवाद इतना ज्यादा होना चाहिए कि उसके मन में कोई डर, परेशानी चल रही हो तो आप अपने अनुभव के आधार पर पकड़ सकें।

मैया–मैया जीवन ने अपनी गति पकड़नी शुरू की। कुछ दिन बीते गुड़िया का एक छोटा भाई भी गोद में आ गया। अगर वो मेरी गोद में होता तो वो उसे गिराने की कोशिश करती या मुझसे लिपट

जाती या फिर मुँह बिचकाकर रोने लगती। पर वैसे उसे अपने भाई से बहुत प्यार था। बाजार से कुछ लाती तो उसके लिए भी लाती। वो तो बहुत छोटा था, कोशिश करती कि उसे कैसे खिलाऊँ। मैं समझाती थी कि भाई कह रहा है दीदी तुम ही खा लो।

अब समस्या ये थी कि उस हवेलीनुमा घर में सबको उसे कुछ न कुछ खिलाने की आदत थी। अब जो भी उसे खिलाए यानि प्यार दिखाए, तो उसके भाई का हिस्सा भी देना होता था। सब हँसते, उसे प्यार से गोद में बिठाते और हँसकर उसके छोटे भाई मिक्कू के लिए भी थोड़ा सा देते।

अब एकदिन गजब हुआ। आगे–आगे गुड़िया और पीछे–पीछे निशा मौसी। उसे मना रही थी।

''अरे गुड़िया, बेटा, दो ही सेब हैं, आज माताजी का व्रत है तुम्हें फल कल ला देंगे।''

''नहीं, आज ही चाहिए।'' गुड़िया की आवाज थी।
मैंने उचककर देखा कि माजरा क्या है।

''क्या हुआ?''

''अरे दीदी, ये गुड़िया फ्रिज में से दो सेब ले आई है और कह रही हैं ये तो एक मेरा व एक मेरे भाई का। वो नहीं खाएगा क्या? और दो ओर चाहिए''

''क्यों भला?'' मैंने टोका।

''मेरे मम्मी व पापा नही खाएँगें क्या?'' निशा हँसकर बोली।

''बाप रे ! भैया, इसे भी खिलाओ और इसके कुनबे को भी।'' पीछे से डॉ. ताऊजी आ गए।

सब हँस रहे थे, पर गुड़िया सेब वापिस करने को तैयार नहीं और जब तक दो और नहीं लाओगे तब तक वो हिलेगी नहीं।

बहुत मुश्किल से समझाया, थोड़ा डाँटा व वादा किया कि पापा से कहेगें तो सबके लिए लाएंगे। खैर वो मान गई। पर एक बात साफ थी कि गुड़िया को अपने परिवार से बहुत प्यार है उसे जो भी लेना है वो सबके लिए भी चाहिए।

''ममतावाली लड़की है'', सब तारीफ कर रहे थे। वो भी मंद–मंद मुस्करा रही थी।

इस ममतावाली लड़की ने अपनी ममता अब और ज़्यादा बाहर दिखा दी।

डॉ. ताऊजी की बेटी, संगीता को गुड़िया से शायद सबसे ज्यादा प्यार था। अगर उसे कुछ भी हो जाता तो भागकर बचाने वालों में सबसे आगे आ जाती थी।

आज संगीता को अपनी किसी सहेली के यहाँ जाना था। साथ में वह गुड़िया को भी ले गई। मैंने मना भी किया कि अरे तुम्हें तंग करेगी।

"अरे दीदी, बस जाना है और आना है।" उसने तर्क रखा।

"चलो ठीक है",मैंने कहा और गुड़िया को अच्छे से तैयार करके भेज दिया।

करीब एक घंटे बाद वह दोनों वापिस आए।

गुड़िया के चेहरे पर लम्बी–चौड़ी मुस्कान व संगीता के चहरे पर बनावटी प्यार भरी नाराजगी।

"क्या हुआ? तंग तो नहीं किया इसने?" मैंने स्थिति को भाँपकर पूछा

"अरे दीदी, सच्ची में ये बड़ी फजीहत कराती है।"

"अब क्या किया इन महारानी जी ने?" क्योंकि परेशानी की बजाए अब कुछ–कुछ और लग रहा था।

"अरे दीदी, मैं अपनी सहेली को उसका कुछ सामान वापिस देने गयी थी उसने शिष्टाचारवश कहा कि अरे रुको न, चाय पीकर जाना।"

"जाहिर है कि मैंने मना किया।" संगीता ने बताया।

"तो......" मुझे उत्सुकता हुई कि इसमें गड़बड़ क्या हुआ?

पर ये गुड़िया जी बोली, ''अरे संगीता मौसी, चाय पीकर ही चलेंगे।''

''आओ अंदर आओ।'' इससे पहले कि मैं कुछ बोलूँ वो अंदर जा चुकी थी।

अब चाय पीने का मतलब कम से कम आधा पौना घंटा लगना। मुझे हँसी आ गई,''ओ!!! ये हुआ......''

''तुम तो चाय की इतनी शौकीन हो, पीने में क्या हुआ, समय लग गया तो यहाँ कौन सा पहाड़ खोदना था तुम्हें?''

''बात ये नहीं, मैं अपनी सहेली से नाराज चल रही थी इसीलिए उसका सामान देने गई थी। अब जबरदस्ती मुझे बैठना पड़ा, चाय पीनी पड़ी और ये इतनी बातें बना रही थी कि पूछो मत,'' संगीता बोली।

''पर एक बात है.....तुम्हारी दोस्ती तो बच गई ना।'' मैंने मुस्करा कर कहा।

''हाँ, ये बात तो है, मेरा मन भी उदास था क्योंकि वो मेरी सबसे पक्की सहेली थी।''

''अरे, थी नहीं, अभी भी है।'' मैंने हँसते हुए कहा।

अब फिर गुड़िया की फजीहत से दूसरा अच्छा काम हुआ। सब फिर तारीफ कर रहे थे।

होली का त्यौहार पास आ रहा था। ससुराल क्योंकि दूसरे शहर में था, मिक्कू ने अभी बैठना भी शुरू नहीं किया था सो रात की ट्रेन थी, उसके लिए एक छोटा सा गद्दा उसकी दादी ने बनाकर भेजा था और साथ में इस हिदायत से कि उसे ठंड न लगे। खैर ट्रेन में बैठे, भीड़ बहुत ज्यादा थी, बर्थ पर बड़ी मुश्किल से थोड़ी जगह मिली। जिस ट्रेन से जाना था वो निकल गई व ये पैसेंजर ट्रेन थी।

छोटे बच्चे को गद्दे में लिए–लिए मैं थक गई व बैठने की जगह भी पूरी नहीं थी। गुड़िया देख रही थी और उससे अपनी मम्मी की परेशानी नहीं देखी जा रही थी। वो स्वयं पापा के साथ खड़ी थी, जो आसपास गुड़िया के बैठने की जगह ढूँढ़ रहे थे।

"अरे, आप थोड़ा उधर बैठो ना, देखो मेरी मम्मी की गोद में मिक्कू है ना, गिर गया तो। अच्छा लगेगा क्या?"

इतनी छोटी सी लड़की, बित्ते भर की और बात बड़ों जैसी। थोड़ा लोग खिसक गए, मैं आराम से बैठ गई, उसे भी गोद में जगह बनाकर बिठाया।

अगले एक–दो स्टेशन पर दो–तीन लोग उतर गए तो सब आराम से बैठ गए।

अब गुड़िया मिस फजीता से मिस सलीकेदार बनने की राह पर चल चुकी थी।

2) अनछुए पल

प्रिय रमना,

अक्सर तुम कहती हो कि मैं अपने बारे में कुछ लिखूँ, पूछने पर बताती हो तुम मेरे जीवन के उतार–चढ़ाव के बावजूद मैं स्वयं में कैसे सशक्त रही हूँ, कैसे मैंने खुद को ढाला या चुनौतियों का मुकाबला कैसे किया? यह शायद सबके लिए कहीं न कहीं कौतूहल का विषय है।

अरे पगली, स्त्री सिर्फ स्त्री ही है, दुनिया के किसी भी कोने में चली जाए, कम या ज्यादा, स्थितियाँ एक सी ही लगती है पर चलो फिर भी क्यूँ न एक स्त्री की यात्रा को अलग नज़रिए से देखा जाए, सिर्फ उसके चश्मे से ही पढ़ा जाए, क्या सोचती है, क्यूँ ऐसा सोचती है, क्या ये जरूरी है, क्यों अपने अस्तित्व के लिए जागरुक होती जा रही है, या जागरुक थी पहले से ही, शायद परिस्थितियाँ अनुकूल नहीं थी या अनुकूल नहीं कर पायी वो।

क्यों ना शुरू से ही शुरु किया जाए, हर व्यक्ति के जन्म, जन्म स्थान, उसके पालक, उसके व्यक्तित्व का असर, लालन–पालन का ढंग, समझने का तरीका, परेशानियों के वक्त उनके हौंसले का इम्तहान सब कुछ बनाता है एक नया व्यक्तित्व, क्यों न यहीं से शुरु करें।

माँ बताती थी कि जन्म होने पर सब प्रसन्न थे, खासतौर पर पापा सबसे ज्यादा, यूँ भी बेटियाँ पापा के सर चढ़ी होती हैं, उस पर घर का पहला सदस्य, प्रतिक्रियाएँ कुछ ऐसी थी।

माँ ने मातृत्व का गौरव महसूस किया, उसका अंश भी दुनिया का हिस्सा है। पापा बेहद उत्साहित, बहुत ज्यादा प्रसन्न, पितृत्व के एहसास से, पहली बार गोद में लेने पर आँखों में ममत्व भरे आँसू उसी दिन स्कूल टीचर के पद से कॉलेज पद नियुक्ति पत्र मिला। दादी ने कहा भाग्यशाली है अपने साथ अपने पिता का भाग्य भी ऊँचे पद कर दिया। सोचती हूँ, अगर कुछ गलत हो जाता तो जीवन भर उसका दंश झेलना पड़ता, खैर।

दादाजी बहुत मिलनसार, खुशमिज़ाज़ बोले, ''भई वाह ! साक्षात् लक्ष्मी आई है, सरस्वती पुत्र के यहाँ।''
पापा क्योंकि अध्यापक पद पर थे, सरस्वती माँ के मानस पुत्र।

कुल मिलाकर आगमन स्वागत भरा था। उधर नानाजी के यहाँ तो उत्साह देखते बनता था, वजह मम्मी इकलौती बेटी थी, इतने सालों बाद घर में बच्चे की किलकारी सुनाई दी। नानाजी बेचैने थे कि किस दिन बेटी व उसकी बेटी उनके घर आएंगे । मोबाईल, टेलीफोन तो थे नहीं, चिट्ठी का एक–एक शब्द आमंत्रण भरा, प्यार भरा होता था, एक–एक दिन प्रतीक्षा में अपनी लाडो के आने का।

सोचती हूँ यदि ये स्वागत न होता, माँ इकलौती बेटी न होती तो क्या इतना दुलार प्यार मिलता। दादी कहती थी कि सब अपना भाग्य लेकर आते हैं, हर कोई तो एक माध्यम है निमित्त मात्र।

माँ बताती थी मैं गोल–मटोल थी, हर किसी के पास चली जाती थी, मम्मी ने भी कहीं छुपा–छुपी नहीं कि जो कि अक्सर माँएं करती हैं, पता नहीं किसकी नजर लग जाए, आँखें बहुत–बहुत बड़ी हैं न मेरी, हँसते हुए और भी रसीली लगती थीं, माँ सारे दिन निहारती रहती थी, खुद भी 16 साल की नादान उम्र की बालिका–वूध जैसी।

"देखो ना, कैसे नन्हें–नन्हें पाँव हैं, कितनी मुलायम उँगलियाँ हैं, कितने काले व चमकदार बाल हैं, सारे दिन सोती रहती है, ये कब बोलेगी मुझसे, क्या इसका पेट भर गया होगा, रात–रात क्यों जगाती है", अनेकों सवाल।

सब बच्चे ऐसे ही होते हैं, एक दिन दादी ने झिड़कते हुए कहा कि कोई न्यारी बात नहीं है। माँ सहम गयी। पापा के परिवार में पाँच भाई व तीन बहनें और उन सब में भी मम्मी सबसे छोटी।

पर सबका स्नेह ज्यादा था। कई वजह थी, पापा दादी के सबसे लाड़ले थे, सबसे छोटे थे समझदार, मितभाषी, घर में उनकी सलाह ही निर्णय बन जाती थी, दादी यूँ आसानी से किसी की बात न सुनती थी मानना तो दूर की बात, बहुओं की हिम्मत तो क्या होगी बेटे भी बहुत डरते थे उनसे, इज्जत भी करते थे सब बहुत।

लेकिन अगर कोई बात पापा ने समझाई दादी झट से कहती,"ठीक है भाई ऐसे ही होगा।" जाहिर है ऐसे बेटे की बहू का मान तो होना था फिर मम्मी को नानी ने बहुत सुघड़ बनाया था। सिलाई, बुनाई, गाना गाना व नृत्य इन सबमें जिन्दगी भर कोई आगे नहीं निकल पाया। उनके हाथ का सिला कपड़ा, बुना स्वेटर मज़ाल कहीं कोई नुक्स रह जाए।

मुझे याद है, मेरी शादी के बहुत सालों–साल साड़ी पर फॉल लगी, साथ मैचिंग पेटीकोट, ब्लाउज़ तैयार ताकि मिलते ही मैं फौरन पहन लूँ, स्वेटर तो घर के हर छोटे–बड़े ने पहने थे।

तुम्हें याद होगा न अपनी नातिन यानि मेरी बेटी की शादी में जब ढोलक पकड़ी और थाप दी और एक के बाद एक गज़लों का दौर जो चला मेरे ससुराल के सारे लोग हैरान थे, क्या गला है 60 के बाद भी सुरताल पर ऐसी पकड़।
ऐसी सुघड़ माँ की बेटी होने का गौरव मिला है मुझे, तो बात चल रही थी माँ की सुखद बातों की, मम्मी को खुद भी सजना पसंद था जो अंत तक रहा और मुझे भी खूब अच्छे से सजाकर रखती थीं। उन्हें ये सब बहुत अच्छा लगता थ, दिन में कम से कम तीन बार कपड़े बदल–बदल कर पहनाना, ये सोचकर अच्छा लगता है, आज भी, माँ इतना प्यार करती थी, एक नन्हीं माँ, जो खुद भी उम्र में छोटी थी पर जिम्मेदारी बड़ी निभायी।

माँ बताती थी कि दादी को ये सब चोंचलेबाजी लगती थी उनका कहना था कि लड़कियाँ अनुशासन में रहनी चाहिए, ताकि दूसरे घर में कठिन परिस्थितियाँ झेल जाएँ। कुछ–कुछ आजकल टी. वी. पर दिखाए जाने वाले सीरियल बालिका–वधू की दादीसास जैसी, ऐसा नहीं वो गलत कहती थी पर माँ विचारों से आधुनिक व प्रगतिशील व्यवस्था की पक्षधर थी। उनका कहना था कि एक औरत ही दूसरी औरत को आगे बढ़ने से रोकती है जबकि स्वयं औरत होते हुए उस दूसरी औरत की परेशानियाँ मनःस्थिति और उसके मन का दर्द समझना चाहिए और घर में माहौल ऐसा होना चाहिए ताकि हर स्त्री का सर्वांगीण विकास हो और ऐसा ही हुआ।

हम पाँच भाई–बहन थे। दो भाई व तीन बहनें, पर जहाँ तक शिक्षा–दीक्षा व संस्कारों की बात होती थी, तो सब बहनों को हमेशा सबसे ज्यादा मान–सम्मान मिला और इसका श्रेय यदि किसी को जाता है तो मम्मी–पापा की परवरिश को।

याद आ रही है कैसे छोटी–छोटी आदतें–किसी दूसरे व्यक्ति को प्रभावित कर जाती है। मम्मी की चाचीजी के यहाँ एक बार हम सब गए। रेलवे की तरफ से खूब बड़ी कोठी उन्हें मिली हुई थी। उनके चार बेटियाँ व दो बेटे हैं, उस पर हम पाँच भाई– बहन, फिर मैं सोचती थी कितना वक्त जाता होगा, नाश्ते में फिर दोपहर के खाने में और रात तो भई अपनी होती ही है।

मम्मी की चाचीजी जिन्हें हम छोटी नानीजी के नाम से बुलाते थे बहुत व्यवहार कुशल, बोली ऐसी मानों फूल झरते हों, लेकिन अनुशासन में एकदम कड़क। हम जब वापस आ रहे थे तो उन्होंने भूरि–भूरि प्रशंसा की बोली, ''बाला (ये मम्मी का घर का नाम था) भई, तुम्हारे बच्चों ने तो मन मोह लिया। इतने संस्कारी बच्चे तो मेरे भी नहीं हो पाए। इतने दिन रहे, न तो आपस में कोई झगड़ा, न कोई जोर से बोलता है और सबसे अच्छी बात ये लगी कि भाई सब पढ़ने लिखने के शौकीन हैं। मैंने ये बहुत बार ध्यान दिया कि अगर पढ़ते हुए पानी पीने भी कोई जाता है तो किताब इधर–उधर न फेंककर जहाँ से ली थी वहीं रखी फिर वापस आकर उठायी और जब–जब उठे ये क्रम चला। धूप में फैले कपड़ों में अपने कपड़े चुनना और उनकी प्रेस हुए कपड़ों की भाँति तह लगाना व अपने–अपने बैग में रखना, चप्पलें भी फैली हुई नहीं पड़ीं थी, ठीक से जगह पर रखते थे, सच में तुमने और दामाद जी ने बहुत प्यार से अपने बच्चों को सुसंस्कार दिए हैं। सुबह–शाम उठकर प्रणाम करना, धीरे बोलना, और जब बड़े बात करते हैं तो कोई भी नहीं काटता, बड़े ध्यान से सुनते हैं वो कितने प्यार से कहते हैं, ''अच्छा नानी जी'', भई सच में बहुत प्यारे बच्चे हैं, तुम्हें बहुत–बहुत बधाई, बाला।''

माँ की आँखों में प्यार के मोती चमक आए, बोली,''चाचीजी हम पर कोई जमीन जायदाद तो है नहीं जो दे सकें बस शिक्षा नाम की

सम्पत्ति ही दे सकते हैं और इन सबका नाम हो बस मेरी यही कामना है।'' माँ ने प्यार किया हम सबको। सच में माँ–बाप की असली दौलत संस्कारी बच्चे ही हैं। एक कहावत सुनी होगी ना तुमने 'पूत सपूत तो क्या संचय, पूत कपूत तो क्या संचय'। ठीक है बिल्कुल। बेटा सपूत है तो क्या जोडना स्वयं अपने सामर्थ्य से बना लेगा और अगर कपूत है तो भी क्या लाभ पल भर में सब संचित धन नष्ट कर देगा।

मुझे यहाँ एक बात और याद आ रही है हमारे घर का एक नियम था जो शायद उस समय सब घरों में ही होगा। शाम को खेलकर आने के बाद सब हाथ मुँह धोकर भगवान की आरती करते थे।

यूँ पापाजी हमेशा पंडितों के घोर विरोधी रहे उन्हें कुछ भी देना उन्हें सख्त नापसंद रहा। जब कभी हरिद्वार जाते तो कुछ भी हो जाए पर पंडितों को एक पैसा भी देना उन्हें पसंद नहीं था। उनका मानना था कि धर्म के नाम पर ये लोगों को गुमराह करते हैं, उनके धन का अपव्यय करते हैं, समाज के कामों में न लगाकर व्यक्तिगत रूप से अपने ऊपर खर्च पर करते हैं वो। लेकिन घर में यह सीख हमेशा दी,''प्रभु हमेशा देखते रहते हैं, हमने अच्छा किया या बुरा, यही कर्म है, इन्हीं के फल को स्वर्ग–नरक कहते हैं। गीता के सार के दृढ़ पक्षधर हैं, कर्म अच्छा करो, जीवन सफल रहेगा।''

मेरे बचपन का एक बड़ा हिस्सा नाना जी के घर बीता है शायद तुम्हें याद हो। मेरे बाद कंगना के जन्म पर आए थे। मुझसे स्नेह ज्यादा था, कारण मम्मी के बाद मैं ही उनके अनुसार 'चहकती गुड़िया' थी जिसकी हर अदा पर बस वो खुश होते थे।

हर ज़िद पूरी करते थे चाहे कुछ भी हो जाए। नानी जी कई बार समझाती थी कि लड़की है बात सुनने की आदत होनी चाहिए, पर नहीं, उन्हें नानी जी की इस बात पर बहुत तेज़ गुस्सा आता था।

माँ से मिलने आए थे पर देखा कि मैं टायफॉइड से पीड़ित हो रही थी, सिर के बाल झड़ रहे थे, ठीक से बोल नहीं पाती थी, चलते–चलते गिर पड़ती थी, नाना जी एकदम सुस्त हो गए मुझे प्यार से उठाया और बोले,"मेरी चिड़िया को क्या हो गया है", कहते–कहते गला रुंध गया, माँ चुप थी, शायद, मेरी नन्हीं सी माँ, जो अपनी नन्हीं–नन्हीं बच्चियों की देखभाल नहीं कर पा रही थी, कार्य की अधिकता, मेहमानबाजी और पैसा भी बहुत खुला नहीं था। पर नाना जी एक निर्णय ले चुके थे, दादी माँ से मिले, बहुत संयत स्वर में कहा,"घर बड़ा सूना–सूना रहता है, कई बार जीवन बोझिल सा लगता है। टीटू (मेरे घर का नाम) की नानी भी अक्सर इसे याद करती रहती हैं, आप यदि हाँ कहें तो कुछ दिनों के लिए आने साथ ले जाऊँ।"

दादी माँ के चेहरे पर भाव आए–गए। चुप रहीं, क्या कहती, नाना जी ने कभी भी ये नहीं जताया कि उनके घर में लालन–पालन ठीक नहीं हो रहा है। नाना जी की वाकपटुता मैंने जीवन में आगे चलकर अपनाने की कोशिश की, जो काफी हद तक कर पायी।

विपरीत व प्रतिकूल परिस्थिति को कैसे अनुकूल बनाया जाए सामने वाले को बुरा भी न लगे और आपकी अपनी बात भी मान ली जाए, नाना जी की तरह मम्मी की इस खूबी के सब कायल थे।

दादी माँ की हाँ ने मानों नाना जी के निस्तेज चेहरे की आभा लौटा दी, बस जल्दी–जल्दी इसका सामान रख दें बेटी, कहीं तेरी सास का मन न बदल जाए। माँ के हाथों में भी अचानक फुर्ती आ गई। गोद में उठाए बहुत प्रसन्न मुद्रा में घर आते ही आवाज़ लगाई,''देखो भई, देखो हमारे घर कौन आया है?'' नानी जी के साथ–साथ उस आँगन में रहने वाले तीनों किराएदार अपने–अपने कमरों से आ गए।

''अरे ! मेरी गुड़िया'', नानीजी ने लपककर छीना, फिर बाहर का चक्कर लगाकर आ गई। ''अरे! बाला नहीं है, क्यों जी?''

नानी जी कुछ हैरान सी थी। ''नहीं, बस टीटू को लाया हूँ।''

पर क्यों? क्या हुआ?''

नानी जी कुछ घबराई। ''कुछ नहीं हुआ, देखो, तो कैसी पीली हो गई है।'' नाना जी ने नानी जी से कहा,''हैं देखूँ।'' नानीजी ने ध्यान से देखा।

''हाँ–हाँ क्या हुआ मेरी बच्ची को?'' नानी जी रोने लगी।

''होना क्या था टायफॉइड से उठी है। बताने की जरूरत ही नहीं समझी, अब बाला भी क्या करे। इतना ध्यान नन्हें–नन्हें बच्चों का कैसे करती, इतना सब।'' नाना जी का मन व्याकुल था।

''अच्छा किया, आपने, यहाँ ले आए, पर इसकी दादी मान गई।''

''अरे पूछो मत, संभालकर बात बनाई, ना नहीं कर पाईं।''

अगले दिन रुड़की के सबसे बढ़िया डॉक्टर के यहाँ नानाजी मुझे लेकर खड़े थे। जो महँगी दवाइयाँ लिखी थी, मुश्किल थी, पर ना जाने, कैसे इंतजाम करके लाए। आज भी याद करके मन भर आता है, क्या अपने नाती–पोतों से इतना स्नेह भी हो सकता है?

साथ में रहने वाले एक किराएदार सेवाराम जी थे जिन्हें मैं मामाजी कहती थी। अपनी शादी पर पता चला सगे मामाजी नहीं थे, पर, क्या सगे मामा भी इतना प्यार दे पाते जितना उन्होंने दिया। पापा जी को मामा जी बता रहे थे। ''क्या बताए जी भाई साहब व भाभी जी (नानाजी व नानीजी को कहते थे) ने दिन–रात एक कर रखी है–

ये टीटू की मालिश का समय है।

ये टॉनिक पिलाने का वक्त है।

अब सुबह के नाश्ते में इतने ग्राम खाना है।

दोपहर में ये बनना है।

रात को ये देना है।

पूरा चार्ट सप्ताह के हिसाब से बना था।''

पापाजी जो एक महीने बाद मिलने आए थे, चार्ट देखकर हैरान थे, उस पर लगे सही के निशान, उनकी दृढ़निश्चयता को दर्शा रहे थे। सेहत में काफी सुधार आ चुका था।

करीब छः–आठ महीने बाद नाना जी दादी माँ से मिलाने आए, साथ बगल में बैठी गोल–मटोल फ्रिल के सुंदर लाल फ्रॉक में मैं थी, चमकते सफेद व लाल जूते, दादी माँ आँसू नहीं रोक पायीं। ''अरे, ये तो बड़ी सुंदर लग रही है।'' अपनी अँखियों से काजल निकालकर मेरे कान के पीछे लगा दिया। वापस चलते समय नाना जी ने मेरा हाथ पकड़ा व अभिवादन कर चल दिए। दादी माँ कुछ नहीं कह पायीं।

मान गई, उनकी सुघड़ बहू–कैसे सुघड़ बनी होगी। नाना जी पश्चिम तौर–तरीकों के पक्षधर थे। सिर्फ दादी माँ ने बल्कि घर के और लोगों ने फर्क देखा। खाना खाते हुए सबने ऐसे ही शुरू किया। मैंने पहले साबुन से हाथ धोए, फिर एक छोटा सुंदर सा तौलिया गोद में रखा, जिसमें एक तरफ मेरा नाम कढ़ाई से कढ़ा हुआ था। मैंने पालथी लगाई। पहले हाथ जोड़कर एक छोटी सी प्रार्थना गाई, फिर बायाँ हाथ गोद में रखा, और बहुत नफ़ासत से छोटा सा टुकड़ा रोटी का तोड़ा हल्के से सब्जी को छुआ और चुपचाप बिना आवाज़ के खाया।

''ये तो छोटी सी मेम बन गई, कुछ हल्का सा व्यंग्य था।''

''हाँ–हाँ ये मेरी नन्हीं परी है'', नाना जी ने गर्व से बताया जो दिखाना चाह रहे थे कि देखो बच्चों की परवरिश ही आगे के लिए सफल व्यक्तित्व बनाता है।

रमणा, तुम्हें हैरानी होगी आज भी खाने की आदतें वैसी ही हैं, खाने के बाद नाखून तक पर सब्जी नहीं लग सकती। सब हैरान होते हैं पूछते हैं कि इतनी सफाई से कैसे खाती हो। रसोई में चाहे बर्तन साफ करने हों, कितनी भी दाल, सब्जियाँ बनानी हो, मजाल है हल्दी, मसाले कपड़ों को छू भी जाए और तो और जुराब पहनकर कपड़े धोना ससुराल में चर्चा का विषय था, कैसे कर लेती हो सब, बिना गंदे हुए, बिना गीले हुए।

कैसे और कितना कुछ बताऊँ कि ये सब देन है मेरे अभिजात्य वर्ग के प्रतिनिधि यानी मेरे नाना जी की। अपनी परम्पराओं को न भूलते हुए दूसरों की अच्छी बातें सीखनी चाहिए–ये सच है। उन्हें अपनी भारतीयता पर गर्व था लेकिन रहने का अंदाज उठने–बैठने के तौर–तरीके अंग्रेजों के पसंद थे जो उन्होंने पहले माँ में, फिर मुझमें डाल दिए।

एक आदत उन्होंने अनजाने में गलत डाल दी वो हर बात मेरी मानने की। मेरी आँखों में आँसू तो दूर की बात चेहरे पर हल्की सी उदासी की परत भी उन्हें सहन नहीं थी।

याद आता है वो बाजार का दृश्य, नाना जी मुझे बाजार घुमा रहे थे, अचानक एक दुकान पर एक गुलाबी फ्रॉक टँगी थी मैंने

भोलेपन से कहा,''देखिए नाना जी, कितनी सुंदर फ्रॉक है, नानी माँ से ऐसा ही फ्रॉक बनवाएंगे।''

''नानी माँ से क्यों, इसे ही लिए चलते हैं।'' दाम पता चलने पर नाना जी कुछ सोच में पड़ गए। ''अच्छा लो भई, तुम हमारी घड़ी रख लो, दो दिन में आकर पैसे दे जाएंगे'', नानाजी ने दुकानदार से कहा। दुकानदार कुछ सकुचा सा गया बोला,''अरे भाई साहब! कल ले जाइए, मैं किसी और को नहीं दूँगा।'' ''अरे नहीं–नहीं भाई, कल तक तो हमारी बिटिया का मन खराब रहेगा ना, वैसे भी घड़ी की इतनी जरूरत रहती भी नहीं।''

इस मोल–तोल को बहुत ज्यादा नहीं समझ पाए उस समय, पर हाँ इतना याद है नानी जी ने कहा कि अरे इतनी महँगी घड़ी रख दी फ्रॉक के लिए, क्या इतनी जरूरी थी? फिर लड़की जात है यूँ हर जिद पूरी करोगे, तो आगे दिक्कत आ सकती है, हम कोई पैसे वाले थोड़े ही हैं।

''न ऐसा मत कहना'', नाना जी ने नम आवाज में कहा। ''मैं अपनी नन्हीं परी की बस सुंदर से प्यारे से चेहरे पर मुस्कराहट चाहता हूँ, यही मेरी जीवन की चाह है।'' जाहिर है नानी जी ने कुछ नहीं बोला, हँसकर बोली,''देखूँ तो भाई कैसा फ्रॉक है नाना जी की परी का और प्यार से गाल चूम लिया।''

बचपन में एक बहुत जरूरी चीज होती है शिक्षा। नाना जी बखूबी जानते थे कि उनके दामाद स्वयं कॉलेज में प्रोफेसर हैं,

शिक्षित होने के साथ—साथ उनको लिखने—पढ़ने का बहुत शौक है, उनकी बेटी की पढ़ाई अगर ठीक से नहीं हुई तो शायद यहाँ से ले जाएँ। ये डर वाज़िब था नाना जी ने अपने कस्बे के सबसे प्रतिष्ठित स्कूल में दाखिला कराया।

बाप रे .... जाने से पहले पंडितजी ने पूजा की, नाना जी के तौर—तरीके आधुनिक अंग्रजों जैसे थे लेकिन धर्म के मामले में पूरे सनातन थे, पूरे विधि—विधान से पूजा करके ही शुभ कार्य होता था। बेटी को शिक्षित करना मानों आने वाले पीढ़ी को शिक्षित करना है। मुझे धुंधला सा याद है, लड्डू दही खिलाया गया, सरस्वती माता की पूजा हुई, नानी जी ने कई दिन लगाकर माँ शारदे से सम्बन्धित एक गीत तैयार करवाया था और निर्देश दिया गया था कि अगर स्कूल में प्रिंसिपल कुछ बोलने को कहें तो ये गीत सुना देना।

ऐसा ही हुआ, आवाज़ की मिठास ने प्रिंसिपल मैडम को मुझे गोद में उठा लेने पर विवश कर दिया। ''कितनी मिठास है आवाज में, इसे बड़े होकर सुरताल का ज्ञान जरूर दीजिएगा।''

''जी जरूर'', नाना जी व नानी जी गदगद थे।

उफ्फ! क्या दिन थे, एकदम अल्हड़ से, मस्ती भरे, हर वक्त गाने गुनगुनाने के। पहले दिन जब स्कूल से घर आई तो नानी जी घर के बाहर एक पेड़ के नीचे खड़ी थी।

नाना जी के कंधे पर सवार थी, ये मेरी प्रिय आदत थी, थोड़ा चलकर कह देती थी,''नाना जी मेरे पैर तो छोटे—छोटे हैं, मैं थक गयी'' और

नाना जी बिना किसी सवाल के हँसते और उठाकर कंधे पर बिठा लेते।

''अच्छा भई, चलो घोड़ा तैयार है।''

नानी जी लपककर आईं, ''कितनी देर लगा दी, आँख दुःख गई। अरे! अपनी मर्जी से थोड़े ही आ सकते हैं, मुँह उठाया और चल दो टाइम से छुट्टी होगी तभी तो आ सकते हैं।''

''नहीं, ये गलत है, पहली बार स्कूल गए नन्हें बच्चों की छुट्टी शुरू में जल्दी होनी चाहिए।'' एक मंझे हुए शिक्षाविद की तरह उन्होंने अपनी राय दी जो मेरे आगे जीवन में यह सीख काम आई और मैंने अपनाई थी।

हाथ मुँह धुलाकर खाना गोद में बैठकर खिलाया।

''अच्छा, ओहहो, रोज़ कहा जाता है कि अब बड़ी गई हो, गोद में नहीं बैठते और आज खाना भी अपने हाथों से खिलाया जा रहा है'', नाना जी ने चुटकी ली।

''अरे इतने घंटे पहली बार मुझसे अलग रही, अजनबियों के बीच से आई हैं थोड़ा ज्यादा प्यार–दुलार चाहिए आज।''

फिर गोद में ही सुलाया, लोरी सुनकर सोती थी, ये पक्का नियम था। दिन में भी लोरी सुनाई गई।

अपने इस लाड़ भरे बचपन में कभी–कभी नाज़ होता है, सोच–सोचकर।

जीवन कुछ नियमबद्ध होने लगा था, समय पर जागना, समय पर स्कूल जाना, घर आकर सारी बातें बताना, शाम को जो भी पढ़ा उसे दुबारा पढ़ना, समझना, याद करना और बार–बार लिखना, यही पद्धति है सही से सीखने की, जो अक्सर माँ–बाप नहीं करते और बच्चे पिछड़ जाते हैं पढ़ाई में।

नानी जी स्वयं बहुत पढ़ी लिखी नहीं थीं। रामायण रोज़ पढ़ती थी और मुझे बहुत अच्छे से पढ़ाती थी। एक नियम था जो अक्सर माँ–बाप नहीं अपनाते थे वो ये था कि जो मेरे पढ़ने का समय था उस समय वो और कोई काम हाथ में नहीं लेती थी। मैंने कितना पढ़ा, फिर सुनना, फिर लिखवाना, फिर स्वयं सारा देखती थी क्या गलत है क्या सही। 'सुंदर लिखाई से सुंदर बन जाते हैं', ऐसा नानी जी अक्सर बोलती थी जिसका अभिप्राय कहीं न कहीं रहता था कि इंसान स्वाभाविक रूप से सुंदर दिखने की चाह रखता है, इसलिए हर तरह के उपाय करता है।

लिखाई के लिए एक तख्ती होती थी, उस पर लिखते थे, कॉपी का कोई भी कोना व्यर्थ न जाए। बताती थी, 'कागज़ मेहनत से बनता है जीवन में हर चीज़ के मायने होते हैं, जान बूझकर खराब नहीं करना चाहिए।'

आज के संदर्भ में यह बहुत जरूरी हो गया कि बच्चों को मितव्ययता का अर्थ नहीं मालूम। अभिभावकों का प्रयास भी बहुत

ज्यादा नहीं है, कैसे चीजों को खराब न किया जाए, यानि हर पृष्ठ का उपयोग ठीक से हो ये बताना जरूरी है।

कुछ समय बाद मम्मी व पापा मेरी छोटी बहन के साथ गर्मियों की छुटि्टयों में आए, मेरे बदले रूप, तौर–तरीके से प्रभावित हुए लेकिन एक बात कहीं न कहीं मन को आहत कर गयी।

मैं अपने मम्मी–पापा व छोटी बहन की बजाय नाना जी व नानी जी से ज्यादा घुली–मिली रही, शायद उन्हें लगा कि आने वाले समय ये तो भूल जाएंगी कि मम्मी–पापा कौन है।

ऐसा हुआ भी, अगले साल पापा जी जब आए तो मैं उनके पास दौड़कर जाने की बजाय अपनी नानी जी के पास ही बैठी रही।

यूँ वो शिक्षा–दीक्षा देखकर हैरान व खुश थे, उनकी नन्हीं सी गुड़िया कैसे लयबद्ध पहाड़े सुनाती है, स्कूल से मिलने वाले उपहार कितने कायदे से दिखाती है और सबसे अच्छा उन्हें लगा कि कितने प्रभावशाली तरीके से बात रखती है जैसे वो अक्सर बताते थे कि भई जब हम पहुँचे तो टीटू ने दोनों हाथ जोड़कर हमें प्रणाम किया, हमारे लाए हुए पैकेट्स देखकर कहा,''मुझे मालूम है आप मेरे लिए लाए हैं, पर नानी माँ ने सिखाया है किसी भी चीज़ के लिए उतावलापन नहीं दिखाते, अच्छा नहीं लगता, और हाँ, देने पर शुक्रिया अदा करते हैं।''

उससे ज्यादा पापा हँसकर कहते थे, हमने कहा, ''हाँ–हाँ, ये तो हम तुम्हारे लिए ही लाए हैं अपनी बिटिया के लिए, लो ना।''

"तो लाइए ना, हाँ, धन्यवाद आपका।" और न जाने क्यों सब हँस-हँसकर लोटपोट हो जाते थे, हमारे धन्यवाद कहने की अदा पर।

आज किसी पार्टी में जाइए, कम ही बच्चे ऐसे होते हैं जो धैर्य से अपने उपहारों को खोलने का इंतजार करते हैं और खोलने का अंदाज इतना खराब कि कई बार लगता है, बेकार पैक कराया, ऐसे ही दे देते। थैंक्यू भी मम्मी-पापा के बार-बार याद दिलाने पर किया जाता है। उस हिसाब से मुझे लगता है मेरा बचपन औरों से भिन्न था, लालन-पालन का तरीका भी अलग था, तो जीवन के प्रति नज़रिया भी अलग बना।

बचपन से मन में बैठे डर, घबराहट, खुशी सब धीरे-धीरे आदत बन जाती है फिर आपके व्यक्तित्व के अहम हिस्से जैसे,जानती हो रम्या, तुम्हें भी याद होगा बच्चों की कलाई पर टीके लगते थे, क्या वो मंजर याद है? मैं पलंग के नीचे छुप गई थी और नाना जी का लाड़-प्यार कुछ ज्यादा ही था।

"अरे! बेटी मेरी बाहर आओ, घूमने चलेंगे। अरे! डरते थोड़े ही है, दर्द थोड़े ही होगा, लो देखो नहीं होगा।" फिर थोड़ी एक्टिंग की थी नानाजी ने मुझे लुभाने के लिए,"देखो डॉक्टर साहब हमारी बिटिया नाजुक सी है, बस दर्द नहीं होना चाहिए हाँ, कह दिया हमने डॉक्टर साहब, बस अब कुछ नहीं, बड़ी मुश्किल से भरोसा करके बाहर आए", नानीजी ने कुछ कहानी सी बनाई और मौका देखते ही डॉक्टर

साहब अपना काम कर गए। पर सच में आज भी डॉक्टर का डर बिल्कुल वैसा ही है।

एक चीज मेरे बचपन की बहुत खास थी जो मैंने कार्यशैली में अपनाई। नानी माँ हर चीज को ऐसी बताती थीं मानो सामने घट रही हो, चाहे वो तितली रानी की कहानी हो या मगरमच्छ और बंदर की कहानी, फिर चाहे रात को छत पर पंखे की हवा के साथ–साथ तारों में ध्रुव तारे से मिलना हो या टिमटिमाते तारों को गिनने की बात सुनाकर गिनती दोहराने की कला। चित्रकला में हर रंग की एक नयी कहानी होती थी, नानी माँ के पास और ना जाने क्या जादू था उनकी बातों में हर रंग में मैं अपनी कोई न कोई सहेली ढूँढ लेती थी।

नानीजी बड़े–बड़े विद्वानों से ज्यादा विद्वान साबित हुई क्योंकि उनके द्वारा सीखी बातें मैंने अपने स्कूल में लागू कीं जिन्हें प्रायः सभी लोग सराहते हैं और पूछते हैं, आपके अपने दिमाग में यह कैसे आया, कैसे बताऊँ ये तो दूर गगन में सबसे ज्यादा चमकने वाले मेरे नाना जी व नानी जी हैं जो आज भी उतने पास हैं, हर वक्त मेरे साथ रहते हैं, कुछ न कुछ सिखाते रहते हैं, नए–नए तरीको से।

सफल होते परिवारों को शायद फिर से जुड़ने की जरूरत है, बच्चों के जीवन में उनके नाना–नानी या दादा–दादी सबका स्नेह, प्यार–दुलार उतना ही जरूरी है जितना जीवन में जीने के

लिए साँस लेना। हवा–पानी की तरह अगर ये रिश्ते नहीं हैं तो जीवन भी सूना, निरर्थक और बेइमान हो जाएगा।

आगे के जीवन की डोर बस यहीं से शुरू होती है। अगले पत्र में अगले पड़ाव के बारे में।

तब तक, प्यार से,
तुम्हारी दीदी
संजना

3) असली तीज क्वीन

ग्रेटर नोएडा की पॉश सोसाईटी वाली कॉलोनी को छोड़कर हाल ही में अनु ने गाजियाबाद शिफ्ट किया था। उसका कार्यक्षेत्र यही था, आने–जाने में बहुत समय लगता था। मम्मी–पापा पास में ही थे तो मायके वाली सुखद भावना भी थी। ससुराल भी पास में था, जहाँ उसे मायके से भी ज्यादा प्यार–दुलार मिलता था, तो कुल मिला कर सब कुछ अच्छा ही अच्छा था।

नयी सोसाईटी बनी थी। पर रह रहकर अपनी पुरानी सोसाईटी, अपनी सहेलियों की गपशप, उनके साथ घूमना–फिरना, सोसाईटी में आयोजित विभिन्न सांस्कृतिक कार्यक्रमों में भाग लेना। बालकनी में बैठी अनु चाय की चुस्कियों के साथ उस तीज क्वीन प्रतियोगिता को याद कर रही थी।

निमंत्रण मिला था कि उस कार्यक्रम में भाग ले और नहीं तो प्रोग्राम का आनन्द एक श्रोता दर्शक के रूप में लें। वो भूल सी गयी थी पर एक दिन सोसाईटी के हॉल में विभिन्न रंगों की चुनरियों से सजते देख उसने पूछ ही लिया गार्ड भैया से।

"कुछ है क्या आज............"

"हाँ जी, आज वो कुछ तीज का मेला है।" उसने जवाब दिया।

''ओह यस! ठीक है, थैंक्यू भैया।''

वो थकी सी थी, सोचा छोड़ो कौन जाएगा। वैसे हॉल एअर–कंडीशनिंग है पर कौन तैयार होगा। उसके फ्लैट के सामने ही हॉल था तो गतिविधियाँ पता चलती रहती थी। बच्चों का होमवर्क कराकर क्या किया जाए। पति क्योंकि मल्टीनेशनल कंपनी के ऊँचे ओहदे पर थे, कंपनी के काम से अक्सर देश–विदेश के दौरे पर जाना लगा रहता था।

अब बोरियत हो रही थी। मन हुआ चलो देखकर आती हूँ कैसा प्रोग्राम है अच्छा लगा तो रूक जाऊँगी नहीं तो वापिस आ जाऊँगी।

कुछ मन से कुछ अनमने मन से उठकर तैयार होकर वो हॉल में चली गई। वहाँ अभी प्रतियोगियों के नाम लिखे जा रहे थे। उसने घड़ी देखी,''अरे! अब तक तो तीज क्वीन की प्रतियोगिता शुरू हो जानी चाहिए थी, उफ्फ! ये इंडियन और ये उनकी लेटलतीफी।'' उसे थोड़ा गुस्सा आ रहा था क्योंकि वो खुद समय की बहुत पाबंद थी और लेट होना या किसी का लेट आना बिल्कुल पसंद नहीं था।

खैर, अब तो हॉल में आ ही गई तो कुछ देर बैठा जाए। बच्चे बाहर लॉन में खेल रहे थे। सोसाइटी अपने सरुक्षा को लेकर बहुत सजग थी व प्रत्येक निवासी इस बात की भूरि–भूरि प्रशंसा करते थे।

उसने भी मस्ती में अपना नाम लिखवा दिया और वो अब अंतिम प्रतियोगी थी। अब स्टेज पर सबकी कैटवाक थी, उसने भी की। फिर सवाल–जवाब का दौर। हरेक के जवाब एक से बढ़कर एक थे। उसे लग रहा था कि सारे जवाब कुछ सुने–सुने से थे।

''ओह! लगता है क्वीन प्रतियोगिता की तैयारियाँ पहले से प्रायोजित कार्यक्रमों के आधार पर की गई है।''
अब उसकी बारी थी। आत्मविश्वास से भरपूर वो स्टेज पर आई। यूँ तो उसने अपने घर के अंदर बहुत सारे रात्रीभोज, बर्थडे आदि पर पूरे परिवार को साथ लेकर बहुत सुंदर आयोजन किए हुए थे। पर वहाँ पहले से स्क्रिप्ट तैयार होती थी, घर के परिचित अपने लोग होते थे।

पर उसके हर जवाब में इतनी तालियाँ थी वो खुद भी हैरान थी। पर उसके एक जवाब में तो जूरी सदस्यों ने उठकर तालियाँ बजाई। पूछा,''सुंदर कौन?''

जवाब था,''सुंदर मन व सुंदर कर्म और हर वो काम जो किसी समाज के जरूरतमंद की जिंदगी बदले। काम की भावना,एक जिम्मेदारी के खूबसूरत जज्बे को लिए हो, एहसान नहीं। जैसे, किसी गरीब को पैसा नहीं, शिक्षा के मंदिर में प्रवेश दिलाएं ताकि वो अपनी जिंदगी के साथ–साथ अपनों की जिंदगी बदले पर........''
पर उसके इस 'पर' शब्द पर सारे हॉल में एकदम शांति थी, हर कोई जानना चाह रहा था कि पर क्या........

''पर–स्वयं बड़े होने पर सक्षम होने पर उसे अपने जैसे एक वैसे ही व्यक्ति की जिंदगी बदलने का प्रण भी करना होगा।'' और जो सोचा भी नहीं था वह हुआ।

उसको तीज–क्वीन का चमचमाता ताज पहनाया गया। सारी सोसाईटी में रातों–रात वो एक सेलीब्रेटी से कम न थी। चारों तरफ बधाईयों व शुभकामनाओं के ढ़ेरों ढ़ेर संदेश और उपहार।

पर आज अनु कुछ उदास सी थी। वह आज बाज़ार से काफ़ी कुछ खरीदकर लाई थी। मम्मी साथ थी उन्होंने टोका भी,''तुमने बहुत सारे छोटे–छोटे पैकेट्स लिए हुए हैं, एक बड़े बैग में डाल लो।'' खरीददारी चलती रही।

घर आकर सामान की चेकिंग हुई। पर ये क्या......... एक पैकेट कम था। ''उफ्फ! उसमें तो बहुत सुंदर कुर्तियाँ थी।''

अब सोचा गया कहाँ गया पैकेट? सीढ़ियाँ चढ़ते हुए एक पैकेट बड़े बेटे मोहित को दिया था। जो थोड़ा नटखट व कई बार लापरवाही भी कर जाता था।

अनु को थोड़ा गुस्सा आया,''जरूर तुमने ही सीढ़ियों में गिराया होगा।''

''मम्मा, अगर हम लिफ्ट से आते तो.............'' थोड़ा धीरे से बोला। उसे पता था कि मम्मी लिफ्ट से नहीं जाती चाहे कितनी भी मंजिलें चढ़नी पड़ें। उन्हें लिफ्ट में डर लगता था। उसे भी मम्मी के साथ

जाना होता था कई बार, वैसे भी फर्स्ट फ्लोर पर घर था तो मम्मी कहती कि अरे कुछ शरीर को भी हिला लिया करो।

कई चक्कर सीढ़ियों के लगाए। अपनी गाड़ी के अंदर बाहर बार–बार देखा। मम्मी को उनके घर छोड़ते समय वो पैकेट खुद उसके हाथ में था।

मोहित चुप था, बार–बार कह रहा था कि उसे एक ही पैकेट दिया गया था और वो ऊपर लाया था, टेबिल पर रखा भी था।

आखिर याद आया कि घर के अंदर मुख्य मार्ग पर लगे सी.सी.टी. वी. को देखा जाये।

अब वो व दोनों बच्चे ध्यान से बिल्कुल सी.बी.आई. की तरह निगाहें लगाए सी.सी.टी.वी. को देख रहे थे।

        ''अरे, देखो मम्मा, मेरे हाथ में पैकेट है और ये देखो मैंने टेबिल पर भी रखा है।'' मोहित बेहद खुश था। वो बाइज्जत बरी हुआ।

अनु को अपनी गलती का अहसास हुआ। उसने अनजाने में अपने ही बेटे को जिम्मेदार माना और डाँटा भी। उसके हाथ में ये पैकेट्स थे, पर कितने थे, नहीं गिने थे। खैर, अब कुछ नहीं हो सकता। चाय पीने में स्वाद नहीं था। पैकेट गुम होने से ज्यादा अब अपनी लापरवाही पर बुरा लग रहा था।

मम्मी से पूछा, उन्होंने बताया कि गाड़ी में बैठने के बाद वो पैकेट आगे वाली सीट पर था। फिर भी उन्होंने अपने पैकेट्स को देखा।

मम्मी ने कहा,"लगता है ऊपर आते हुए एक पैकेट हाथ से निकलकर गिर पड़ा हो। पर हर अपार्टमेंट के नीचे एक गार्ड रहता है, एक बार पूछ लो।"

"अरे नहीं मम्मी, मिलता तो वो दे ही जाता ना। हो सकता है उस समय इधर–उधर भी हो सकता है।"

न चाहते हुए भी नोएडा की अपनी पुरानी सोसाईटी की याद आ गई।

मन में ये ख्याल भी आया कि जरूर किसी ने उठा लिया हो। पर यहाँ सब बहुत प्रतिष्ठित परिवार रहते है। हो सकता है किसी को दिखा ही नहीं, कोई मेड न हो। गरीब व्यक्ति पर शक न चाहते कई बार चला जाता है, नहीं ऐसा कुछ नहीं है। खैर, चाय पीकर बच्चों को नीचे पार्क में खेलने के लिए ले आई। गार्ड भैया वहाँ घूम रहे थे। उनके हाव–भाव तो रोज जैसे ही थे। "पूछ लूँ क्या?" खुद से सवाल था।

"भैया, कोई पैकेट देखा क्या?" बड़ी हिम्मत जुटाकर पूछा अनु ने। उसे स्वयं भी अच्छा नहीं लगता कि बेवजह किसी को भी दोषी माना जाए।

"हाँ जी, एक पैकेट यहाँ पर था।" उसने तपाक से जवाब दिया। "आपका था क्या जी?" उसने सहानुभूति दिखाई।

"हाँ भैया, उसमें दो कपड़े थे, लाईट ग्रीन व पिंक रंग के।"

''ये तो नहीं पता, इस गाड़ी के पास पड़ा था'', उसने एक गाड़ी की ओर इशारा किया।

''अरे, वो तो मेरी ही गाड़ी है।'' अनु ने बोला।

''तो जी कोई बात नहीं, आप मेन गेट के ऑफिस से ले लो, मैंने वहाँ जमा कर दिया था।''

''थैंक्यू भईया, थैंक्यू सो मच।'' अनु एकदम खुश हो गई और मेन ऑफिस से पैकेट लिया।

मोहित को बुलाया और कहा,'' सॉरी बेटा, मैंने आपको गलत सोचा।''

''मम्मा, ये देख लो, आप मुझे ही डाँटते हो बस।''

''हाँ बेटा–मैंने आज एक बड़ी सीख ली।

''क्या...............''

''बिना जाँचें किसी को भी दोषी नहीं मानना चाहिए। मैंने गार्ड भैया पर भी शक किया।''

''चलो सब गार्ड भैया लोगों को शरबत बनाकर देते हैं।'' सारी घटना अनु ने बताई, सॉरी भी बोला।

अब सब चहक रहे थे। ये सोसाईटी भी उतनी ही अच्छी है, ''जैसे हमारी पहली वाली थी।''

आज सी.सी.टी.वी. की उपयोगिता ठीक से समझ आयी और मम्मी बार–बार सब पैकेट्स को एक बड़े पैकेट्स में डालने के लिए कह रही थी, बड़े जब कुछ कहे तो मान लेना चाहिए।

चलो, नानी को फोन करके बताया जाए। नजर के साथ-साथ नजरिया ठीक रखना जरूरी है तभी तो सुंदर मन बनेगा और वो असली तीज क्वीन।

4) फिर एक बार चाहिए यही जिंदगी बार–बार

आप सब पढ़कर हैरान होंगे, कुछ सनकी भी मान रहे होंगे। आज कल लोग आकर्षण बिंदु बनने की चाह में कुछ भी बोलते रहते हैं। कुछ कहेंगे कि उस जीवनपद्धति के लोग हैं जो कहते हैं कि बदनाम हुए तो क्या हुआ, नाम तो हुआ।

लगता है घर से संस्कार नहीं मिले। नास्तिकता, घोर नास्तिकता।

राम–राम! कैसी बात करती हो बिटिया, पड़ोस के तिलकधारी शर्मा जी बोले, ''इतने खराब संसार में भला कौन रहना चाहेगा?''

''किसने खराब बनाया'', न चाहते हुए उन ढोंगी जी के सामने मुँह से निकल गया।

''लम्बी बहस है, आऊँगा किसी दिन'', कहकर पतली गली से निकल गए।

जिसने सुना, उसने बहुत आश्चर्य किया, कुछ ने दूसरी तरफ गुँह फेरकर मुँह भी बनाया।

ज्यादा पढ़ाई–लिखाई भी किसी काम की नहीं, इंसान खुद को ही भगवान समझने लगता है।

एक ने कहा, ''नया-नया पैसा हर किसी का भी दिमाग घुमा देता है।'' और न जाने क्या-क्या यानि जितने मुँह उतनी ही बातें।

खैर, मैंने निर्णय किया कि भई, कोई भी कुछ कहे पर मुझे तो यही जिंदगी चाहिए फिर से।

एक पड़ोस में रहने वाले महोदय से जो सारे दिन पूजा-पाठ में ही लगे रहते थे, उत्सुकता से पूछ लिया, ''ये पाप क्या होता है, और गंगा जी में नहाने से कैसे उतरता है?''

उन्होंने घूरकर देखा मानो मैंने उनके मन के भावों को जान लिया, बड़-बड़ाते हुए बोले,

''घोर कलियुग, घोर कलियुग! क्या हो रहा है? जमाने को गंगा माँ पर शक!

अब घूरने की बारी मेरी थी, ''गंगा मैया पर नहीं, आपकी नीयत पर है शक'', अपने भावों से मैंने भी जता दिया।

खैर सोचा अगर मान लो, अचानक भगवान आएं और कहें, ''वत्स, तुम मेरे साथ मेरे धाम चलो'', तो मुझे क्या कहना होगा, एक मन के कोने से आवाज़ आई, ''पगली, क्या सोचती है, स्वयं भगवान आए हैं लेने।''

पर एक बार कोई विकल्प तो देंगे न, चलने का मन है तुम्हारा या फिर यहीं धरती पर रहना है, दुःखों के घर में।

न जाने क्यों मैंने सोचा कि मैं कहूँगी नहीं, प्रभु मुझे यहीं रहना है। ऐसा विचार क्यों आया मन में, मन ने सोचा। सुबह से

शाम तक हम परेशान रहते हैं, बैठे–बैठे सोचा। अच्छा कौन–कौन ऐसा सोच सकता है। बड़ा सोचा, दिल–दिमाग पर जोर डाला। आस–पास के लोगों के भाव पढ़े। सोचा जरा इन सबके विचार सुनें।

घर के बुजुर्गों से बात हुई तो सब का एक मत था कि हम तो बोनस जिंदगी जी रहे हैं, जिम्मेवारियों से मुक्त है, ये बात दूसरी है कि उनमें कई ऐसे भी थे जिन्होंने जिम्मेवारी कभी नहीं ली, अपनी जिम्मेवारियाँ औरों के कंधे पर रखकर जी है।

सवाल पूछा मैंने, ''अगर आज अचानक आपको दुनिया से अलविदा कहना पड़े तो आप मोक्ष चाहेंगे या दुबारा इस दुनिया में आना चाहेंगे?'' मेरे इस सवाल पर सब मुझे एक बार ऐसे देखते हैं, मानों मैंने यह कहकर अपराध कर दिया हो।

एक ने कहा,''ये तो भगवान की इच्छा है, जैसा वो चाहेगे।'' एक ने कहा,''दुनिया बहुत बुरी है, कौन आना चाहेगा।''

फिर मेरा उनसे सवाल था,''क्या बुराई है दुनिया में?'' अरे बिटिया, अखबार पढ़ो, या टी.वी. पर ख़बरें सुनो, बस बलात्कार, चोरी, डकैती, कहीं भी कोई सुरक्षित नहीं है अगर हर तरफ इतना खौफ तो कि क्या जीना इस दुनिया में।''

अब अगला सवाल था,''कौन दोषी है?''

सरकार और कौन, अपना वोट डालने जाते हैं समय निकालकर चुनते हैं सरकार और फिर वही हालात'', ये कहते हुए उनके वृद्ध माथे की सलवटें और भी गहरी हो गई।

''अंकल अगर आप बुरा न माने तो क्या आप अपने जीवन के कोई पाँच कार्य बता सकते हो–जिनसे आपके परिवार में, आपके अपने कार्यक्षेत्र में, या देश के लिए कुछ ऐसा किया हो जिसे आप गर्व से बता सकें व आपकी अपनी आने वाली पीढ़ियाँ उन्हें अपनाने की कोशिश करें।''

वो हँसे और बोले,''भई मैंने तो कभी किसी का बुरा नहीं किया। पारिवारिक जिम्मेवारी या कार्यक्षेत्र में पूरा कार्य किया। पर आपने वो किया जो जरूरी था।''

मुझे उनकी जिंदगी की परतें पता थीं। उनके माता–पिता कभी उनके यहाँ नहीं रुके, क्योंकि घर छोटा है, बच्चों को प्राइवेसी चाहिए, अब बच्चों को तो कुछ नहीं कह सकते, घर में कोई मेड नहीं है, ''हमारे पास सीमित आय के साधन हैं'' यह समय–समय पर वो अपने माता–पिता को जता देते थे पर अगर दूसरा भाई न होता तो ये माता–पिता कहाँ जाते, वृद्धाश्रम या तिल–तिलकर हर रोज मरते।

रही कार्यक्षेत्र की बात, कभी किसी ने उनके व्यवहार की तारीफ नहीं की। अक्सर लोग कतराते रहे उनसे क्योंकि, उनसे बात करने का मतलब एक घंटे का लेक्चर सुनना।

''फिर वही मुद्दा, चलिए छोड़िए अंकल, यही रूकेंगे या जाएँगे?''

"हमने तो भई बहुत काम किए हैं जिंदगी भर, बस मोक्ष लेंगे और भगवान के पास भजन–कीर्तन करेंगे।"

"पक्के से पता है न, भजन–कीर्तन ही करेंगे या वहाँ भी फ्री फंड में ही खाने के चक्कर में हैं।"

अब पड़ोस की महिला मंडली की सबसे बुजुर्ग महिला की ओर रुख करते हैं, बहुत दुःखी आत्मा सी है।

सबसे ज्यादा बहू से परेशान, सुनती नहीं है, किट्टी पार्टी व फैशन, एक ये अब फेसबुक और वाट्सऐप–क्या बीमारी है?

आजकल, सारे दिन मोबाईल से चिपकना।

मैंने पूछा, "अच्छा बताइए क्या आपको समय पर चाय–खाना नहीं मिल पाता है? क्या आपका घर और खासतौर पर आपका रूम–बाथरूम साफ नहीं होता? क्या तीज–त्यौहार पर आपको सम्मान नहीं मिलता और सबसे बड़ी बात हर रोज आपको क्या लगता है? जिंदगी आरामदायक है। बच्चे यानि आपका बेटा–बहू, पोते–पोतियाँ आपसे प्यार से बात नहीं करते? किसी भी तरह से आपको कोई नज़रअंदाज़ किया जाता है?"

"नहीं, ऐसा नहीं है, घर में वही होता है जो मैं कहती हूँ।"

"अरे, घर के सिंहासन पर जब आप ही हैं तो फिर अब क्या परेशानी है?"

"पोते–पोतियों की शादी हो गई है, आते रहते हैं, घर में सुनसान लगता है।"

''अच्छा जब अंकल थे तो दिन कैसे गुजरता था?''

कुछ सोचा उन्होंने, फिर हंसी बोली,''लड़ाई व एक–दूसरे से कहा सुनी। पैसों की तंगी ज्यादा थी, एक–एक पाई सोच–सोचकर खर्चना, बच्चे कुछ बन जाएं।''

''बन पाए।''

''हाँ,बिल्कुल।''

अब चेहरे से नाराजगी, गुस्सा गायब था, चेहरे पर गर्व की अनुभूति का एहसास था।

''अपनी वृद्धावस्था की कल्पना क्या की थी आपने, कुछ ज्यादा मिला अपेक्षा से या कम या बहुत ही कम'',मैंने चुटकी ली।

अब उन्होंने सोचा और कहा,''जिंदगी में आराम तो बहुत है लेकिन अकेलापन लगता है।''

ओह! किससे नाराजगी दिखाई जाये'', मुझे शरारत से हंसते देखकर वो भी हंसीं।

''अगर आपको फिर से जिंदगी जीने का मौका मिले तो जीना चाहेगी या मोक्ष प्राप्ति चाहिए?''

''अरे बेटा, सोचने से क्या हो सकता है? जाना नियति का नियम है यानि फिर से जीने का मन तो है पर ये संभव नहीं है रे बेटा।'' उन्होंने मुस्कराते हुए कहा।

''पर एक काम संभव है माता जी'', मैंने आशा जगाते हुए कहा। ''क्या?'' उनकी आवाज में उत्सुकता थी।

''बहू के साथ-साथ आप भी वाट्सऐप चलाइए, आपके अपने वो सब जिन्हें आप हर पल याद करती हैं बिना बोले आप उनसे रोज मिल पाएंगी।''

''वो कैसे?''

वो हैरान थी। ''ऐसे कैसे हो सकता है?'' उन्होंने नकारते हुए कहा।

''बिल्कुल संभव है, आपकी बहनें, भाई, आपकी सहेलियाँ सबसे रोज मिल सकती है।

और सच मानिए माताजी, एकबार जुड़ जाईये फिर दिन-रात नहीं पता चलेगा। बहू से नाराज न होकर उनकी दोस्त बन जाएं फिर देखिए कैसे दिन-रात सरपट भागते हैं।''

बहू से थोड़ा मुँह बना............

''अरे, आपकी बहू तो बहुत लोकप्रिय है।''

''वो तो बस घूमती रहती है या घर पर जमावड़ा इकट्ठा करे रहती है या बस मोबाइल।''

जब मैंने उन्हें विस्तार से बताया कि वो सामाजिक रूप से गरीब बच्चों को निःशुल्क पढ़ाने जाती है, हर हफ्ते में दो दिन में, एक सिलाई केंद्र में वो नये-नये डिजाइन बताने में व आर्थिक मदद भी करती है। आप इस उम्र में भी स्वस्थ हैं, इसका श्रेय भी उसी को जाता है।''

''अरे नहीं, वो तो मेड है, वही बनाती है।''

वो कैसे, वो तो हैरान थी इन ताजी खबर से। बनाती तो मेड है, क्या बनना है, कब आपको देना है, कैसे परोसना है, स्वाद व सेहत के लिए क्या जरूरी है, ये तो वो ही बताती है न, घर से बाहर होने पर भी वो सजग रहती है कि आपकी दिनचर्या ठीक रूप से सुचारू चले।

''अच्छा, मैंने कभी ऐसे नहीं सोचा।''
उनके चेहरे पर अपनी चिर–परिचित दुश्मन सी लगती बहू के लिए अचानक करुणा भाव आ चुका था।

''अब तो पक्का है माताजी, आप जीवन जीना चाहेगी यानि भगवान जी वापिस ही जाएंगे'', मैंने अपना मूल प्रश्न फिर पूछा।''

''अभी नहीं, आज ही बेटे से कहूँगी कि मुझे भी स्मार्टफोन ला दे.....''

''न–न माताजी, बेटे से नहीं, अपनी बहू से कहिए, अधिकार से, प्यार से.......'' मेरा मकसद पूरा हो चुका था, उन्हें भी अब मोक्ष नहीं जिंदगी की चाह हो गयी, मैं उठी।

''अरे हाँ, मुझे भी अपने वाट्सऐप ग्रुप में जरूर जोड़ेंगी ना?'' मैंने हँस कर पूछा।

''बिल्कुल बेटा, तुमने तो मेरी आँखें खोल दी। जीवन जीने के लिए है न कि मुँह बनाकर यूँ ही बिताने के लिए। अब सोचा–युवा पीढ़ी के मन का भी जानना चाहिए।''

सरकारी महकमे वाले तो फिलहाल दुबारा इसी जिंदगी की बात सुनकर हँसे और बोले,''सरकारी नौकरी से मजेदार क्या हो सकता है, बस जरा आजकल ये सख्ती बहुत चल रही है उससे दिक्कत है पर ये जो सलाम मिलता है न, बस यही मजेदार है, यहीं ठीक हैं। रिटायरमेंट के बाद देखेंगे।''

ज्यादातर युवा मल्टीनेशनल कंपनी में हैं, मोक्ष या जिंदगी, अरे आंटी, ''क्या बात कर रही हैं आप, फुर्सत कहाँ है ये सोचने की, टारगेट पूरा करते–करते दिन–रात कब शुरू होते हैं कब पूरे, ये ही नहीं पता चल रहा। मोक्ष तो दूर का विषय है, एक प्लान बनाया था कि एक ट्रिप पर जाएं पर ऐन मौके पर ट्रिप कैंसिल हो गया।''

मुझे भी लगा युवावस्था तो मेहनत करने, अपने भविष्य को सुरक्षित व संजोने की है।

अब एक मेरी मित्र ने मुझसे ही पूछ लिया,''ये बताओ, तुम मोक्ष क्यों नहीं चाहती हो? यही जिंदगी दुबारा क्यों चाहती हो?''

''अरे वाह! अब हुई ना बात।''

''देखो, तुम सब किससे मुक्ति चाहते हो? पैसे की तंगी से, सुख सुविधाएं न होने पर, पति से रोज की किच–किच से, सास–ससुर की टोका टोकी से, स्कूल फीस की परेशानी, बच्चों के अच्छे रिजल्ट न आने पर, मनपसंद जगह पर न घूमने की कसक, फैशनेबल ड्रेस न पहन पाने का मलाल, उसकी कोठी–गाड़ी मुझसे बड़ी क्यों,ऐसी ही अनचाही परेशानियाँ।

यानि रोजमर्रा की जिंदगी से जब–जब हम परेशान होते हैं तो एक सवाल हम खुद से भगवान, से भी पूछते हैं,"मैं ही क्यों? या बहुत परेशान होते हैं तो भारी मन से गुहार भी लगा देते हैं, "हे प्रभु !" ऐसी जिंदगी से तो अच्छा है अपने पास ही बुला लो।"

सवाल उठता है, वो प्रभु, भगवान या अदृश्य शक्ति कोई भी नाम ले लीजिए यानि हम सबसे पहले तो उसके ऊपर ही प्रश्नचिन्ह लगा रहे हैं यानि क्यों भेजा उसने इस बेकार सी दुनिया में।

थोड़ा सा विचार करें आज।

मान लो, भगवान एक अदृश्य शक्ति न होकर एक सामान्य व्यक्ति के रूप में सामने बैठे हों तो वो पूछेंगे,"वत्स, मैंने तो एक उम्मीदों से भरा, अपनी कल्पनाओं से भी सुंदर इस संसार को और भी सुंदर बना सकें, उसके लिए एक अनन्त क्षमताओं से भरे दिमाग के साथ तुम्हें यहाँ भेजा था। पर यहाँ क्या किया तुमने, जन्म लेते ही उसे हिंदू–मुस्लिम, सिक्ख–पारसी और न जाने किस–किस रूप में उसे बाँध लिया। मैंने तो एक मानव भेजा था, पर यहाँ तो बहुत बेड़ियों से बाँध दिया गया, जिस माँ की कोख में वो सुरक्षित पनप रहा था बाहर आते ही अब वो असुरक्षित कर दिया।"

एक विचार आपके दिन को पूर्णतया दिशा दे सकता है, पूरी जिंदगी को निर्देशित कर सकता है।

''विचारों की स्वतंत्रता दी, तुम्हें जब अच्छे विचार आते हैं और परिणाम अच्छे आते हैं, तुम्हें सामाजिक प्रतिष्ठा, मान–सम्मान मिलता है तो कहते हो,''ये सब मैंने किया है।'' पर जब खराब विचार चुनते हो तो परिणामस्वरूप नतीजे भी खराब हो जाते हैं। कोई नहीं पूछता, तिरस्कार या कानूनी प्रक्रिया के तहत जेल, सजा या फिर दिन–रात अंदर ही अंदर स्वयं परेशान रहना, तो एकदम मुझे दोष देते हो, ऐसा क्यों कर रहे हो भगवान आप मेरे साथ।

वाह रे इंसान! दूध मलाई मिले तो तुम श्रेय लेते हो, अपने आपको शक्तिशाली, बेहद चतुर मानते हो।

वाह रे चतुर, चालाक इंसान! बुरा चुनते हुए वो दिमाग की तेजी कहाँ चली जाती है?

मैंने कब कहा कि मेरे नाम के मंदिर बनाओ, मैं तो बार–बार एक ही बात कहता हूँ कि अपने अंतर्मन को शुद्ध रखो, मैं तो भक्त की भावना को देखता हूँ, पंडित मैंने बनाकर नहीं भेजे, तुमने बनाए।

व्रत–उपवास की इतनी लम्बी लिस्ट देखकर मैं स्वयं चकित हूँ अपनी सेहत के लिए तुमने ये व्यवस्था बनाई और फिर धर्म से जोड़ दिया। चलो कुछ हद ठीक है, धर्म यानि धारण योग्य पर जब मेरा नाम लेकर लोगों की भावनाएं भड़काते हो, उकसाते हो तो वो तेज दिमाग पर गर्व करने वालों की तेजी कहाँ चली जाती है। कितने लोग अलग–अलग नाम से बाबा बनकर तुम्हें ठगते हैं तो मुझसे कभी सलाह ली है।

अरे ओ मानव! तुम्हारी अंदर की आत्मा को तुम अच्छे से जानते हो, वो मना करती है कि उस ओर मत जाओ पर जब जाते हो किसी न किसी लालच में या ये सोचकर,''अरे! मुझे कौन रोक सकता है'', या कुछ नहीं होगा। ये अहंकार तुमने स्वयं भरा।

अब जब नतीजे खराब हुए तो मेरी ओर गुस्से से इशारा करते हो,''भगवान देखो तुम कहते हो, हर पल मेरे साथ हो अब कहाँ हो'', लो बोलो, खराब तुम सोचो, दिमाग का दुरुपयोग तुम करो और दोषी मैं।

न भाई ऐसा नहीं है ....

तुम्हारी दुनिया का ही उदाहरण देता हूँ, बड़ी लम्बी–चौड़ी गाड़ी की चाबी देता हूँ, चलो स्टार्ट करो। करो भाई, मैं साथ में बैठा हूँ, यूँ हैरान मत हो, कुछ देर ये गाड़ी यानि ये शरीर तुम्हें दिया, अब पूरी छूट है तुम्हें गाड़ी कैसे चलानी है?

चलो भाई चाबी लगाओ, देखो मैं साथ में हूँ कहीं गड़बड़ होगी तो मैं तुम्हारी तरफ सिर्फ देखकर आभास करा दूँगा। बस, ठीक है ना, अब मानव व सामान्य रूप में भगवान दोनों उस खूबसूरत गाड़ी में और गाड़ी की चाबी मानव के हाथ में।

मानव बेहद खुश, भई वाह! भगवान को दुनिया की सैर कराई जाएं।

स्टार्ट की गाड़ी कुछ देर चली कि एक गतिरोधक (स्पीड़ ब्रेकर) से सामना हुआ, दूर से नजर आ रहा था वो गतिरोधक व

उसके साथ एक बड़ा गड्ढा भी, भगवान ने मानव की तरफ सिर घुमाकर संकेत दिया, गति धीमे कर लो।

"अरे ! अभी तो दूर है गतिरोधक",बस ये सोचा ही था कि ये क्या गाड़ी जोर से उछली व मानव के पुर्जों में थोड़ी हलचल हुई व फिर संभली व थोड़ी देर में फिर सामान्य गति हुई, पर क्या करे, मानव अपनी क्षमताओं पर इतराने से मजबूर।

अब की बार एक घुमाव था, मानव को पहले से पता भी था क्योंकि पास बैठे भगवान को बता चुका था, बस एक दो घुमाव के बाद हाईवे है, पर ये क्या गति कम करेंगे? अभी तो दूर,"अरे...रे...रे.." एकदम स्टीयरिंग घुमाया, ये धड़ाके से गाड़ी मोड़ी, गली के किनारे पर वो बेचारा सब्जी के ठेला वाला।
अचानक यूँ तेजगति की गाड़ी से घबराकर हड़बड़ी में अपने ठेले पर ऊचक कर चढ़कर बैठ गया, माथे पर पसीना, सामने मौत को देख वो घबरा गया था।

मानव झेंप मिटाते हुए बोला,"वो जरा आपसे बातों में व्यस्त था ना, बस घुमाव का ध्यान भूल गया।

अच्छा फिर दोष मुझ पर, पहले से पता होने पर भी घुमाव पर धीगी गति से नहीं मुड़े। वो बेचारा ठेला वाला, उसकी हृदयगति अनायास बढ़ा दी, अपनी हड्डियों के साथ–साथ मेरी हड्डियों का भी कीर्तन करवा दिया, बिना वजह इस मानव को दिमाग ज्यादा देकर कुछ ठीक नहीं किया, भगवान ने तेजी से उस मानव को

देखा,''अरे रुको...रुको...'' पर ये क्या पूरे धड़ल्ले से रेडलाईट पार हो चुकी थी।

''क्या करते हो भाई, कुछ नियम कायदे मानते हो या नहीं?''

''नहीं जी, मैं कानून का बहुत सम्मान करता हूँ।'' अपनी गलतियों पर परदा डालते हुए मानव बोला।

''वो क्या है ना, जरा जल्दी है ना पहुँचने की वैसे भी मैंने देख लिया था कोई भी कहीं नहीं हैं, इसलिए पार कर लिया।''

भगवान समझ गए कि ये मानव न तो खुद सुधरेगा न ही अपने बच्चों को कुछ समझाएगा यानि पीढ़ी–दर–पीढ़ी सुधार की गुंजाइश नहीं। ये तो ठोकरें ही खाएगा।

अब गाड़ी हाई–वे पर आ चुकी थी। तेज गति से भागते वाहन देख भगवान ने मानव से कहा,''देखो मुझे यहीं उतार दो और हाँ, अभी तक मैंने संकेत ही दिए थे, संभलकर चलो, दाएं–बाएं भी देखो, आगे बढ़ना जरूरी है पर अपने पर व एवं गाड़ी पर नियंत्रण रखो, गाड़ी के रख रखाव व उसकी कार्यप्रणाली को ठीक से समझकर चलोगे तो रास्ता हरा–भरा व सुंदर रहेगा, नहीं तो इतनी बढ़िया गाड़ी मिलने के बाद भी हो सकता है अपनी नादानी व ज्यादा उत्साह से कहीं न कहीं टकरा जाओगे या तो वहीं पड़े रहोगे या फिर हॉस्पिटल पहुँचोगे। आगे जीवन क्या होगा ये तो आप पर, इसी पल पर ही निर्भर है।

मानव अब अकेला था। साथ वाले सज्जन ने जो-जो कहा उस पर विचार कर रहा था। बात तो सही है, जिन लोगों के लिए वो इतनी मारामारी कर रहा है, अगर वह आज बिस्तर पर हुआ किसी दुर्घटना में, तो क्या होगा? छोटे-छोटे बच्चे व पत्नी किसके सहारे, किसके भरोसे।

नहीं, भविष्य की कल्पना ने उसे समझा दिया कि तेज गति रोमांच पैदा कर सकती है पर गलत निर्णय सुंदर जीवन को खत्म कर सकता है।''

''तो क्या समझी?'' मैंने अपनी मित्र से पूछा। वो मंत्रमुग्ध सुन रही थी।

''सुनो! तुम प्रवचन सुनाने का काम क्यों नहीं कर लेती, कितना अच्छा बोला व समझाया।'' अब मेरी चाल मुझ पर ही चल गई।

''पर ये बताओ कि तुम मोक्ष चाहोगी या यहीं पर जिंदगी?''

''अरे पगली, मरने के बाद किसने देखा, किसने जाना कि क्या होता है, ये सब कयास हैं, लोगों को उस दुनिया के बारे में भरमाने के, परलोक यदि है और सच में यदि है वो तो ठीक तभी हो सकता है जब इस लोक में हम सब ठीक करें।''

अपने अंदर की चमचमाती दिव्य शक्तियों को समझने व औरों के लिए जो भी बन पड़े कुछ अच्छा करने के लिए हम इस लोक में आएं, हर पल हर–क्षण को आनंदित बनाएं हमसे कोई मिले तो खुश हो जाए, हम किसी से मिलें तो हम खुशी महसूस करें।

बहुत छोटा सा जीवन है, शरीर रूपी गाड़ी को शांत मन से सोचें, शांत चित्त से जीवन की पहेलियों को सुलझाएँ व औरों की मदद करें।

जिंदगी की सबसे बड़ी समस्या शायद दूसरों से उम्मीद होना है। पर वो पूरी न होने पर हम निराश व हताश होते हैं, अपेक्षा स्वयं से रखें, उसे पूरा करने का प्रयत्न करें। किसी भी हाल में निराश न होना ही सबसे बड़ी पूंजी है क्योंकि निराशा से ही आशा उपजती है और उस आशा को पूरा होने देखने के लिए प्रयास जरूरी है। सही दिशा में सही मन से आती हर आशा जरूर पूरी होती है, ऐसा मेरा विश्वास है।

मेरे हिसाब से यही सच्ची पूजा है। भगवान के प्रति श्रद्धेय भाव व विनम्रता व आस्था रखें। विश्वास बहुत बड़ी चीज है लेकिन अंधविश्वास से बचें।

जीवन को प्यार से, खुशी से, हर दिन को उत्सव मानते हुए हर पल को जीने का नाम ही मोक्ष प्राप्ति है। मुझे तो ऐसा ही लगता है और आपको??????

5) ज़रा करके देखिए

बच्चे जो देखते हैं, वही सीखते हैं। यह बात सभी समझते हैं। आज एक बच्चा अपने घर में, बाहर, स्कूल में, प्रिंसीपल, अध्यापक, सब जगह सबको आक्रामक व एक दूसरे पर चीखते–चिल्लाते देखता है–नतीजा–आज के अधिकांश बच्चे स्वभाव से उग्र हैं, प्रतिशोध की भावना से भरे हैं। जो घटनाएँ पहले दूसरे देशों की खबरें होतीं थी वह आज हमारे घर–घर की समस्या बन चुकी है।

आखिर दोषी कौन?

पहले हम स्वयं, परिवार, फिर स्कूल व समाज। हम आखिर किस ओर जा रहे हैं? हम क्या कर रहे हैं? वर्चुअल दुनिया में असंख्य दोस्त हैं पर वास्तविक जीवन में नहीं हैं। अपने मन की पीड़ा किससे बाँटे। माँ–बाप अपनी नौकरी, बचे समय में व्हाट्सऐप, फेसबुक, इंस्टाग्राम में व्यस्त हैं। आज अन्य ढेरों ऐप्स व गूगल पर ज्ञान बिखरा है; पढ़ रहे हैं लेकिन प्रायः मानकर चलते हैं–ये सब दूसरों के लिए है।

डिग्रीधारी हैं हम सभी। जोड़–तोड़ करके हासिल कर ली है। सच में अपने दिल पर हाथ रखकर बेताइए, हमसे कितनों ने

कड़ी मेहनत से ये शिक्षा प्राप्त की, आप मत बताइए पर आप ये बखूबी जानते हैं कि कितनी मेहनत हुई है?

कुछ उदाहरण लेते हैं–

सबसे पहले स्कूल को ही लीजिए। आपके बच्चे की शिक्षिका को अपने विषय का कितना ज्ञान है? अपने ज्ञान को बच्चे तक कैसे पहुँचाना है, इसकी कला–कौशल कितनों को आती है? पाठ्यक्रम को समाप्त करना है, ये लक्ष्य है या वह पाठ बच्चे के मन में कैसे हमेशा रहे, इसका कोई प्रयास है? जवाब आप स्वयं ढूँढ़िए।

अक्सर सभी अच्छे अंक मिलने पर खुश होते हैं, होना भी चाहिए, पर कभी गौर किया कि पूरे साल बच्चे की शिकायतें रहीं, लिखना उसे आता नहीं, हर बार आपने यदि पुनरावृत्ति कराई तो उसने कुछ किया नहीं फिर साल के अंत में इतने बढ़िया नंबर आए कैसे?

हर कक्षा यूँ ही पास होते हुए आगे की कक्षाओं में बढ़ता गया। कभी स्कूल ने बढ़ा दिया व कभी आपने क्योंकि ये भी बहुत देखा गया है कि स्कूल यदि सलाह देता है कि बच्चा अभी अगली कक्षा के लिए योग्य नहीं है पर वहाँ माता–पिता के अपने पद व प्रतिष्ठा आड़े आ जाती है , ''लोग क्या कहेंगे?'' ये लोग–आपके बच्चे को ज्ञान दिला सकते हैं?

अभी नहीं आगे की कक्षाओं में जब अनुत्तीर्ण होगा तब?

जरा अब घर की ओर का रुख करें।

कितने घर ऐसे हैं जहाँ पढ़ने का माहौल है? सब अपनी–अपनी दुनिया में मस्त हैं। पारिवारिक, सामाजिक मेल–जोल, तीज–त्योहार जरूरी हैं लेकिन आपकी प्रथम प्राथमिकता आपके बच्चे हैं जिन्हें आप दुनिया में लाए हैं। दुनियादारी–व्यवहारिकता सिखाना भी बहुत जरूरी है, फिर क्या करें?

कुछ खास नहीं, अपने घर की एक समय–सारणी जरूर बनाएं और खासतौर पर जो समय अपने बच्चों की पढ़ाई का तय किया है उसमें आप भी अन्य कोई कार्य न करें जब तक बहुत ही आवश्यक न हो।

जैसा कि लेख के शुरू में ही कहा गया है–'बच्चे जो देखते हैं उसे ही सीखते हैं।' घर में यदि एक निश्चित समय पढ़ने का है तो खुदमखुद बच्चे भी उस समय की कीमत धीरे–धीरे जानने लगेंगे क्योंकि समय की नियमितता उन्हें अच्छे नंबर लाने में, जो स्कूल में समझ नहीं आया, उसे समझने में, पुनः अभ्यास करने में, केवल उसको परीक्षा में अच्छे अंक ही नहीं दिलाती है वरन् उसका आत्मविश्वास भी बढ़ाती है।

करके देखिए कुछ दिन

आजकल सांयकाल में अक्सर बच्चे ट्यूशन से आते हुए या जाते हुए नजर आते हैं, सवाल उठता है–क्या ये जरूरी है? आप

जब स्वयं अपने बच्चे को पढ़ाते हैं, तो बेहतर पढ़ाएंगे क्योंकि आप भावनात्मक रूप से जुड़े हैं।

क्या कह रहे हैं– समय नहीं है, पर जहाँ तक मेरी जानकारी है आप एक गृहिणी हैं, सभी को 24 घंटे मिले हैं; लगता है समय प्रबंधन पर ध्यान ही नहीं गया आपका।

दूसरी वजह जो अक्सर आती है हमारे पास शैक्षिक योग्यता तो है पर पढ़ाना मुश्किल लगता है–क्यों? पर आपने अपनी पढ़ाई स्वयं ही की थी न।

हाँ, अगर आपने विज्ञान, गणित को बारहवीं के साथ नहीं पढ़ा तो कई बार दिक्कत आती है पर फिर भी पढ़कर और आजकल तो गूगल बाबा है न, ढेर सारे वैकल्पिक प्रश्नपत्र गूगल व अन्य साईट्स पर उपलब्ध हैं।

हाँ, मेहनत व समय लगाना होगा।

आप तैयार हैं न, करके देखिए, बहुत मजेदार अनुभव होंगे। अपने बच्चे के साथ–साथ फिर से अपने बचपन व अपने स्कूल समय को याद करिए न। क्योंकि अक्सर ट्यूशन कक्षाओं में ऐसा देखा गया कि एक या डेढ़ घंटे में अलग–अलग कक्षाओं के बच्चे जो अलग–अलग स्कूलों से हैं, सबका पाठ्यक्रम अलग है, सबको ट्यूशन मैडम क्या समझाएंगी व कैसे समझाएंगी ये बहुत ही ध्यान देने की

बात है कि आपने अपनी जिम्मेदारी दूसरे पर डाल दी। जब आप ही ध्यान नहीं दे पा रहे हैं तो किसी दूसरे से अपेक्षा कैसे?

निष्कर्ष यही निकलता है, अल्पज्ञान व पूर्णतः प्रशिक्षित न होने पर बच्चों को भी वैसा ही ज्ञान दिया जाता है जो बस नंबर दिला कर आगे डिग्री दिलाने में ही सहायक हो सकता है।

डिग्री धारी व शिक्षित होने में फर्क है। इस फर्क को पहचानिये। स्वयं भी ज्ञान अर्जित करिए। जरूरत पड़े तो स्वयं भी नए–नए कोर्स करिए। दुनिया बहुत तेजी से आगे बढ़ रही है। आप व आपका बच्चा पीछे क्यों?

सिर्फ गृहिणी बनकर काम नहीं चलेगा और यदि आप कामकाजी महिला हैं तो यह बात भी नहीं मानी जाएगी कि आपके पास समय नहीं है।

समय सबको वही मिला है, जरूरत है इस समय को अपनी मुट्ठी में बाँधने की कला को जानने का।

आप सक्षम हैं, आज की नारी हैं, आगे बढ़िए व अपने बच्चों को आगे बढ़ने में क्या–क्या चाहिए ध्यान दीजिए व जुट जाइए नवनिर्माण में।

करके देखिए, इतना मुश्किल भी नहीं।

6) वो खुशनुमा दिन

हर क्षण, हर पल, लम्हें, हफ्ते, महीने व फिर साल दर साल दशकों में जीवन की कहानी सिमट जाती है। वह वाक्य, वह सोच, वह एहसास जो आपके अंतिम समय में लोग बोलते है जिनको सुनने के लिए आप अपना पूरा जीवन लगा देते हैं, पर नहीं सुन पाते हैं।

एक धरोहर की तरह अगली पीढ़ी को वो चंद वाक्य सौंप दिए जाते है। एक श्रद्धांजलि स्वरूप में हर कोई सोचता है कि वो भी कुछ ऐसा करके जाए कि लोग उसे याद रखें। पर उसके लिए जीवन एक तपती हुई अग्निशाला बन जाती है जहाँ हमारी खुशियाँ, ख़्वाहिशें हँस–हँसकर प्यार से उस अग्नि में स्वाहा की जाती है। कभी मन से, कभी व अधिकतर बेमन से।

व्हाट्सअप पर दिन–रात बिखरता हुआ ज्ञान, ज्ञानी व बड़े लोगों के जीवन पर आधारित अनुभवों के निचोड़रूपी वक्तव्य मन को कभी जगाते हैं, कभी गुदगुदाते हैं व कभी–कभी लगता है अरे, मैं भी बिल्कुल ऐसे ही सोच रहा था या यह बात तो लगता है मुझ पर ही लिखी गयी है। फिर कुछ देर सारी नसीहतें व ज्ञान इधर–उधर चला जाता है। क्योंकि अक्सर लिखने वाला व पढ़ने वाला दोनों शायद सोचते होंगे कि ये सब मेरे लिए नहीं औरों के लिए है।

इसी उधेड़बुन में आन्या आज रिमझिम बौछारों के बीच दूर पहाड़ों का मनोरम दृश्य देखते ही चाय की चुस्कियों में कहीं खो सी

गई थी। वो अकेली ही एक ग्रुप के साथ इस पहाड़ी पर घूमने आई थी।

अकेली........हाँ ठीक सुना व पढ़ा, ''हर कोई अपने आप में नितांत एक आत्मा है'', ऐसा कई बार वो टी.वी. के प्रोग्राम में सुनती आई है। अपनी जन्मस्थली पर बिना पंख लगाए व बिना प्रयास के पहुँच गई, आज उसके विचारों के ताने–बाने को बीच में रोकने वाला कोई नहीं है।

घर की पहली संतान, वह भी कन्या, न जाने सबने क्या–क्या सोचा होगा। आज इतने साल बीतने पर व स्वयं को आधुनिक समाज का हिस्सा मानते हुए भी लोग भ्रूण हत्या करवाते हैं। अभी भी बहुत घरों में लड़की व लड़कों के खाने में फर्क देखा जा सकता है। पढ़ना हर लड़की का भी मौलिक अधिकार है, यह आज भी समाज के बहुत बड़े वर्ग की सोच से दूर हैं।

पर मुझे पता चला मेरे जन्म पर पापा बेहद उत्साहित व प्रसन्न थे। माँ ने जब मुझे गोद में लिया तो प्रसव पीड़ा की दर्द भूलकर मेरी बिटिया, मेरा अंश कहकर अपने सीने से लगा लिया, आँखों से बहती गंगा–यमुना अपने सहज भाव में अश्रुपूरित थी।

दादी–दादा भी गोल–मटोल बड़ी–बड़ी आँखों वाली गुड़िया को देखकर बहुत खुश थे। ''लक्ष्मी आई है घर में'' नाना–नानी सबसे ज़्यादा प्रफुल्लित थे। कभी अँगुलियों को छूते, कभी काले घने मुलायम

बालों को, अपनी एकमात्र संतान यानि मम्मी के बाद में ही उनके घर की दूसरी नयी खुशी से वो बहुत ही खुश थे।

मैंने सोचा क्या किसी ने कभी दबे स्वर से ये नहीं कहा, "पहला लड़का ही हो जाता तो अच्छा रहता", पर शायद नहीं कहा होगा, क्योंकि कहीं न कहीं से ऐसी बातें आप तक आ जाती है या पहुँचा ही दी जाती है।

पहला बच्चा सबके आकर्षण का केंद्र होता है उसके जरा से मुस्कराने से सब निहाल हो जाते हैं व सो जाने से घर में शांति छा जाती है। सरस्वती पूजक व अपनी प्रसन्न मुद्रा व विद्वता के धनी पिता अक्सर अपने लेखन व उच्चारण कार्य की तैयारी करते-करते अपनी नन्हीं कली के हँसते हुई चेहरे पर अपने अक्स को देखते हुए नए-नए नामों की गणना करते रहते थे। माँ बेहद चुस्त-दुरस्त व अपनी सिलाई, बुनाई, कढ़ाई, गायन, वादन, नृत्य यानि हर तरफ ऑल राउंडर थी। व्यावहारिकता व हाजिर जवाबी में कोई सानी न था। घर के कामकाज में व्यस्त होने के बाद हल्की सी गुनगुनाने की आवाज पर सारा काम छोड़कर बाहों के झूले में झुलाती निहारती।

दादा-दादी का प्यार, नाना-नानी की मनुहार के बीच बचपन एक-एक कदम से कदम मिलाता हुआ निकलने लगा। नाना-नानी को प्रेम सबसे ज्यादा था, क्योंकि मम्मी के बाद मैं ही थी, घर की नन्हीं गौरेया।

दादी के यहाँ थोड़ा कड़ा अनुशासन था, वैसे भी पापा का परिवार बहुत बड़ा था। आज लगता है, इतने सारे बच्चों की धमा—चौकड़ी, मीठी नोक—झोंक को सुचारू रूप से चलाने के लिए थोड़ी कड़ी व्यवस्था ही चाहिए।

धीरे—धीरे परिवार में और भी नन्हें—नन्हें मेहमान आने लगे, मुझसे छोटी मेरी बहन एकदम परी जैसी, दादी जो कि अपनी सुंदरता के लिए जानी जाती थी अक्सर कहती थी कि जब मैं न हूँगी तो इसे ही देख लेना, यानि मेरी छोटी बहन मान्या, फिर एक नन्हा देवदूत आया, बेहद प्यारा व सुंदर सा भाई, मिंटू, इसी नाम से बुलाते थे, उससे छोटी एक बेहद सुकोमल व बहुत ही सुंदर एक और नन्हीं परी, तान्या, व फिर एक नन्हा फरिश्ता जिसे सब लोग प्रिंस चार्मिंग के नाम से बुलाते थे। बोनीसन टॉनिक की बोतल हम सब बच्चे आते—जाते पिलाते रहते थे, ये सोचकर ये जल्दी बड़ा हो जाए। नाम था पिंटू। तान्या के जन्म की एक घटना आज भी याद आती है।

हुआ कुछ इस प्रकार से कि लड़की के होने पर व तीसरी लड़की होने पर आस—पास की महिलाएँ रुदन आलाप के साथ घर पर आई व कुछ भद्दे तरीके से दिखाया कि जैसे वो एक परिवार के लिए ठीक नहीं है। दादी माँ, जिन्हें सब सम्मान से माँजी कहते थे, उन्हें ये सब बहुत नागवार गुजरा। उन्होंने लगभग डाँटते हुए कहा,''आप सब यदि घर पर माँ के आने पर (क्योंकि वह नवरात्रि पर अष्टमी को हुई थी) स्वागत के लिए आयी हैं, तो बैठिए, आपका

स्वागत है, लेकिन यदि मुझे ये एहसास कराने आयी हैं कि मेरे परिवार का खर्चा बढ़ गया और क्यों आई लड़की के रूप में, तो खबरदार, मेरे व मेरे परिवार की चिंता आप लोग ना ही करें तो अच्छा। इधर—उधर डोलने की बजाए अपनी घर—गृहस्थी को देखो।''

माँजी ने दरवाजे की तरह अपनी भाव—भंगिमा से अपनी नाराजगी दिखाते हुए उन्हें जाने का इशारा किया। समाज की विडंबना देखिए, एक औरत ही औरत के दुनिया में आने से लेकर बाद तक दुश्मन सी बन, गैर जिम्मेदाराना व्यवहार कर जाती हैं।

जन्म पर दुःखी मन, क्या उसके प्रति जीवनभर होने वाले अनेकों दुःख को समझने का भाव है या पिछली पीढ़ियों से देखते आ रहे व्यवहार से हम सब ने अंदर ही अंदर पीढ़ी—दर—पीढ़ी आत्मसात कर दिया है।

भीड़ छँट गई। मम्मी ने बताया कि दादी ने आकर मेरी छोटी बहन को व मेरी मम्मी को प्यार किया। माँ तो इतनी मान—सम्मान रखने वाली अपनी सासू—माँ के आगे श्रद्धा से नतमस्तक थी।

आज के परिपेक्ष्य में यदि सोचूँ तो कितने परिवारों में ऐसी सासू माँ होगी, जो इतनी दृढ़ता से अपनी बहू व अपनी पोती के सम्मान के लिए साक्षात दुर्गा बनकर खड़ी हो जाए। बरसों से यही सुनते—सुनते तुम अबला हो, निर्बल हो, कभी पिता फिर पति व फिर बेटे पर आश्रित हो। क्या सच में हम अबला हैं? नहीं बिल्कुल नहीं। क्या हम निर्बल हैं? बिल्कुल नहीं। क्या हम आश्रित हैं? ये तो

आजकल खत्म हो गया। आज हर नारी स्वयंसिद्धा, स्वनिर्भर व परिवार को चलाने की धुरी है। दादी यानि हमारी माँजी हमेशा एक प्रेरक व्यक्तित्व के रूप में दिलो-दिमाग में बसती है। रची-बसी जीवंत सी है हरदम, हरवक्त।

आज लोकतंत्र तो है पर वो भीड़तंत्र में बदलता जा रहा है, लोग व्यवस्था से परेशान हैं, त्रस्त हैं, बदलना भी चाहते हैं, पर एक कदम स्वयं आगे नहीं बढ़ा पाते हैं। शायद हमारी पुलिस व प्रशासन व्यवस्था इतनी सशक्त नहीं है, हम लोग भरोसा नहीं कर पाते हैं।

धीरे-धीरे समय का पहिया घूमता चला गया, हम सभी बहन-भाई अपने माँ-पापा के साथ आपस में बहुत खुश थे। अच्छे रिजल्ट, लोगों की तारीफ, स्कूल टीचर, प्रिंसीपल का स्नेह, समय कब बीतता गया, पता ही नहीं चलता था। पिता बेहद स्नेही पर अनुशासनप्रिय थे। आज भी याद है, सुबह 4 बजे उठा देते थे व सर्दियों में रजाई को थोड़ा हिलाकर धीरे से खिसका देते थे। दोनों ही स्थिति में नींद तो खुल ही जाती थी, उठना ही पड़ता था। सब कुछ याद करके दोहराकर जाना होता था। स्कूल से ये रिपोर्ट नहीं चाहिए थी कि सवाल पूछा गया और हमें जवाब नहीं आता था। न आने पर वो खोजते थे कि कहाँ गड़बड़ हुई, क्यों नहीं जवाब दिया गया। फिर से पढ़कर बाक़ायदा दुरस्त होती थी वह कमी।

बेहद अपनेपन, आपसी खुशी व मम्मी—पापा के बीच के हमेशा मधुर सम्बन्धों ने हम सब बहन—भाइयों को भी आपसी सौहार्द सिखा दिया था।

एक चाय का ऑर्डर और दे दिया था आन्या ने, फिर याद आ रही है उसे सब बहन—भाइयों के बीच एक साथ सांयकालीन आरती। नियम था, शाम को खेल के बाद हाथ—मुँह धोकर एक साथ आरती का दिव्यानंद, फिर कभी भी महसूस न हुआ। पापा मंदिर व किसी भी तरह के चढ़ावे के खिलाफ थे। अगर देना है किसी जरूरतमंद को दें। आज भी यह आदत कायम है हम सबकी।

मंद—मंद मुस्कान आ गयी आन्या के चेहरे पर, उन ताईजी को याद करके जो पड़ोस में रहती थी, बड़ी थी, सम्मान से उन्हें ताईजी कहते थे। हुआ यूँ कि एकबार उन्हें किसी बाबाजी से दीक्षा लेने की धुन सवार हो गई और मम्मी भी दीक्षा ले लें। रोज आती और मम्मी को कहती। मम्मी ने बहुत समझाया उन्हें कि इन साधु—बाबाओं के चक्कर में न पड़ें, पर सब बेकार। मम्मी ने कहा कि आप अपने पति यानि जिन्हें हम ताऊजी कहते थे उन्हें लेकर जायें, पहले उन्हें दीक्षा दिलायें।

मम्मी ने कहा,‘‘मेरे लिए तो मेरी घर—गृहस्थी ही मंदिर है। सब खुश रहते हैं तो मुझे लगता है भगवान भी खुश है।’’

अब वो ताऊजी के पीछे पड़ गयी। ताऊजी शहर के बहुत इज़्ज़तदार लोगों में से एक माने जाते थे। लोग उनके पास अपनी

समस्याएँ सुलझाने आते थे। उन्होंने दुनिया को राह दिखाई पर ताईजी अब त्रियाहठ पर अड़ी थी, ताऊजी ने कुछ सोचा फिर बोले,''चलो तुम्हारे गुरुजी से मिलते हैं, कितने ज्ञानी हैं वो, हम भी तो देखें।''

अब समय तय हुआ गुरुजी से मिलने का। पर ये क्या ताऊजी भी प्रभावित हुए, क्यों? ऐसा क्या हुआ?? ताईजी ने कहा,''देखो बाबाजी, मैं अपने पति के साथ दीक्षा लेने आयी हूँ।''

गुरुजी मुस्काए व बोले,''देवी जी, आपके पति आपके साथ हैं फिर किस गुरु की जरूरत है आपको। पति से बड़ा गुरु कौन हो सकता है। घर जाइए व गृहस्थी में मन लगाइए।''

ताऊजी ने बहुत आत्मीयता से प्रणाम किया व आकर हम सबसे भी इस बात को शेयर किया।

ताईजी इस बात से थोड़ा हैरान थी कि मम्मी की लाईन गुरुजी ने भी क्यों बोली। मम्मी ने प्यार से उन्हें कहा कि क्योंकि यही सत्य है। तब से मम्मी उनकी गुरु बन गयी।

बस यूँ ही समय गुजरता गया, खट्टी–मीठी यादों का पुलिंदा साथ–साथ रहा। यादों को याद करने के लिए भी समय चाहिए जो सिर्फ आपका हो। मन–मस्तिष्क कुछ तरोताजा हो गए थे। बचपन व अल्हड़पन की यादों की खुशबू हर किसी के मन में एक मीठी सुगंध की तरह रची–बसी होती है। अब उसे ये पहाड़, उसका बहता झरना, एक सुरमयी संगीत की तरह लग रहा था। बारिश की बूँदें

उसके अंतर्मन को छूती हुई जा रही थी। न जाने क्यों अब वो खुश थी।

7) रंगे दीवार–ए–किस्सा

बच्चों में कितनी ऊर्जा व चुस्ती–फुर्ती होती है, हर वक्त खेलना–कूदना कुछ भी पास न होकर अपने आप नए–नए खेल बनाकर खेलना व पूरे मन से खेलना।

नोनू अभी 3 वर्ष का ही है पास के स्कूल में जाता है। वहाँ उसको रंग भरने की किताबें मिली हैं जो वह बड़े चाव से करता है। यूँ तो घर पर भी अनेक रंग–बिरंगी चित्रकारी की पुस्तकें हैं और तरह–तरह के रंगों के डिब्बे रखे हैं पर उसे पापा के नीले पेन से ज्यादा लगाव है, शायद, पापा का है या उसके रंगों के ढेर में अलग तरह का दिखता है और पापा की पतलून उसका कैनवास।

छोटा सा बच्चा है, डाँट भी तो नहीं सकते है न, कोमल मन है, सुस्त हो जाएगा, बच्चों का मन भी हट जाता है। पर पतलून पर बनी आड़ी–तिरछी रेखाएँ कई बार देखने वालों को अटपटी लगती है। कुछ तो समझ जाते हैं जैसे ऑफिस में एक परिचर्चा पर बुलाई गई एक महिला वक्ता ने अंकित की पतलून देखकर कहा–

"लगता है आपके घर में एक नन्हा शैतान सा बच्चा है।"
"अरे! आपने कैसे अंदाज लगाया?"

अंकित थोड़ा हैरानी से बोला ''क्यों?'' इतनी सुंदर आकृतियाँ तो नन्हें फरिश्ते ही बना सकते हैं, वो खिलखिलाकर बोली, ''क्योंकि मेरे पास भी एक नन्हीं सी परी है और मेरे ज्यादातर कपड़ों पर ऐसी चित्रकारी खूब मिलेगी।''

अंकित ने उसे अपने बेटे नोनू के बारे में बताया।

सब अपने–अपने किस्से सुना रहे थे। हल किसी ने खोजने की नहीं सोची।

मैंने भी कहाँ सोची। पर कुछ किया जाए। नोनू का शौक भी पूरा होता रहे क्योंकि छोटे बच्चे जितना रंगों का इस्तेमाल आड़ी–तिरछी रेखाएँ बनाने में करते हैं उतना ही उनके हाथ, अंगुलियाँ व अंगूठे को नियंत्रित कर उन छोटी मांसपेशियों को परिष्कृत करते हैं, उनका क्रियात्मक विकास होता है और इससे उसका लेखन, खुद को खाना खिलाने व बहुत सारी क्रियाओं में बहुत मदद मिलती हैं।

आमतौर पर प्री–स्कूल में बच्चों का बहुधा कार्य पेंसिल व रंगी हुई खडियाओं (Crayon) को अच्छी तरह से इस्तेमाल करने पर रहता है।

मेरी प्यारी सी बहू सोमी आज कुछ ज्यादा ही परेशान नजर आ रही थी क्योंकि बेटे अंकित की सभी पतलूनों पर बनी चित्रकारी

को साफ करने में कठिनाई आ रही थी। आवाजें शयनकक्ष से छन–छन कर बाहर तक आ रही थी।

''तुमसे एक बच्चा नहीं संभलता, ये देखो, हर पतलून पर कलम के निशान। किसी पर नीले, कहीं पीले, कहीं काले। ऑफिस में क्या सोचते होंगे कि बॉस के कपड़ों का हाल तो देखो।''

''मैं तो खुद परेशान हूँ, इन सब निशानों को हटाते–हटाते, पर ये नोनू मानता नहीं। जब देखो अपने रंग उठाए जो भी सामने खड़ा हो, उसके कपड़ों पर उसकी चित्रकारी शुरू हो जाती है।''

बेटा कुछ नाराज होकर–कुछ नोनू की शैतानियों पर हँसकर चला गया। सोमी भी आज घर पर थी–अस्त–व्यस्त से घर को ठीक करके वो अपना संगणक (Laptop) खोलकर काम में लग गयी थी।

नोनू मेरे पास आकर खेलने लगा।

अरे! ये क्या, अरे! बाबा लो अब मेरी साड़ी का नंबर आ गया। उसने अपने रंग उठाए व पापा का नीले रंग का पेन लिया और बस उसकी चित्रकारी शुरू।

अरे ! नोनू ओ बाबा रे, भाई मेरी साड़ी को बख्श दे भैया। रंग नहीं छूट पाएंगे, मैंने खुद को समेटा, पर नोनू तो ठहरे भावी चित्रकार, नहीं माना।

मैं आगे-आगे, नोनू पीछे-पीछे, आंगन अब दौड़ प्रतियोगिता में बदल गया।

मेरा दाएं-बाएं भागना और उसके पीछे नोनू की खिलखिलाती नन्हें दूध के दातों की पंक्ति।

हम दोनों की हँसी के फुव्वारों के छींटें घर को आनन्दित बना रहे थे। सोमी भी काम छोड़ बाहर आकर मंद-मंद मुस्काई व खुद भी दौड़ में शामिल हो गई।

मैंने माँ-बेटे की खूबसूरत दौड़ को देखने के लिए व अपने कैमरे में कैद करने के विचार से अपना मोबाइल उठाया और तस्वीरें लेने लगीं।

नोनू जी व उनकी मम्मी की छुपन-छुपाई शुरू हो गयी। मैं आरामकुर्सी पर उनींदी सी नींद के मोड़ पर आ गयी।

मेरी नींद भरी आँखें मुझे अपने बचपन में ले गईं जब मैं स्वयं नर्सरी में पढ़ती थी। न जाने कैसे इतने पुराने घर की तस्वीर एकदम सामने आ गई। उस घर में हमारा वह कमरा जिसमें मेहमान भी आते व बैठते थे और ठीक इसी प्रकार हर छोटे बच्चे की तरह मुझे भी रंगों से प्यार होगा ही और हो सकता है सोमी व अंकित की तरह मेरे मम्मी व पापा भी कभी खुश होते होंगे व कभी उनकी पोशाकों पर हुई चित्रकारी पर थोड़ा नाराज भी।

मुझे बहुत अच्छे से याद आ रहा है कि एक दिन जब मैं स्कूल से वापिस आई तो उस कमरे की एक दीवार नीचे से आधी काले रंग से पुती थी। मुझे बताया गया था।

"देखो, ये है तुम्हारा घरवाला श्यामपट्ट यानि ब्लैकबोर्ड और जानती हो ये कौन लाया है?" मम्मी ने प्यार से पूछा।

"कौन लाया है?" मेरी आँखों में उत्सुकता थी।

"अरे नन्हीं परी, जिसकी कहानी तुमने रात सुनी थी न", माँ ने कहा। अच्छा! मैं भी एकदम खुश थी, क्योंकि मुझे परियों की कहानियाँ बहुत पसंद थी। हर कहानी में अंत तक आते–आते मैं स्वयं को ही परी मानने लगती थी और माँ तो बस एक अच्छी मनोवैज्ञानिक थी ही। परी के बहाने, परी का नाम लेकर मुझसे हर बात मनवा लेती थी जो उन्हें चाहिए होती थी, मसलन तीन बार दूध पीना, छोटा सा तौलिया गोद में रखकर मुँह बंद करके खाना खाना, कैसे पढ़ना, कैसे सबसे बातें करना, अपना बस्ता कैसे लगाना यहाँ तक कि उठने–बैठने का तरीका भी। इसमें वो जादूगर परी सच गें परी का काम ही करती थी।

तब मैं मासूम थी, माँ की बात मान गयी, देखो अब तुम जब चाहो, इस वाले श्यामपट्ट पर तरह–तरह के आकृति बना सकती हो। मम्मी की बिंदी, चंदा मामा, सूरज चाचा, तिकोना सैंडविच या गोल–गोल पूरी।

मैं अब पापा की पतलून व इधर–उधर चित्रकारी न करके सारे दिन व रात तक उसमें व्यस्त रहती थी। मम्मी–पापा अपनी नन्हीं कली यानि मेरे काम को देखकर ऐसे निहाल होते थे मानों मैंने कोई बहुत ही अद्भुत काम किया हो।

माँ–पापा बेहद स्नेही, खुशमिजाज़ व विनोद प्रिय थे। हर सुबह जब मैं उठकर देखती कि पिछले दिन का सारा काम कहाँ गया क्योंकि वो श्यामपट्ट साफ होता था तो पूछने पर जवाब मिलता, ''अरे! रात को परी आई थी, उसने देखा और साफ कर दिया क्योंकि तुम्हें और अच्छा व नया काम करना है न।'' मैं भोली–भाली मान जाती थी व अगले दिन फिर उत्साह से नयी–नयी चीजें बनाती थी। एक दिन सुबह उठने पर वहाँ एक छोटी सी गुड़िया रखी थी सुंदर से आवरण में लिपटी।

मैं चहक उठी क्योंकि हर गुड़िया को गुड़िया ही सबसे प्रिय होती है। ये देखो मम्मी, ''परी मेरे लिए रात में गुड़िया लाई थी, है न?'' मैं आश्वस्त होना चाहती थी मैंने चहककर अपनी मम्मी से पूछा।

''अरे वाह! तुम आजकल बहुत अच्छी–अच्छी चीजें बना रही हो और कहना भी मानती हो, इसलिए परी खुश होकर तुम्हारे लिए गुड़िया रख गयी है।''

मुझे उस अच्छी काली पुती दीवार से प्यार हो गया था। अगली कक्षाओं में गृहकार्य करने के पश्चात मैं घर की शिक्षिका बन जाती थी और हूबहू अपनी अध्यापिका की तरह नकल करती थी यानि मैं भी उस समय मम्मी–पापा व छोटी बहन, जो पालने में कभी हंसती कभी रोती, पर नहीं मैं तो अध्यापिका थी न, उसके रोने पर जोर से कहती, ''ओह मम्मी, ये मुझे पढ़ाने नहीं दे रही। चलो अब चुप होकर सुनो।''

सब सुनते–हँसते–लोटपोट हो जाते थे।

फिर कुछ समय बाद माँ ने मेरी ऊँचाई तक जाने वाले हाथों तक कुछ सुंदर बड़े–बड़े चार्ट–पेपर लगा दिये, जिससे मुझे व मेरी छोटी बहन को और जगह मिल गई व घर की अन्य दीवारें व घर के लोगों के कपड़े रंग–बिरंगे रंगों की कलाकारी से बच गए।

आँख खुल चुकी थी। मुझे न जाने क्यों बड़ी राहत महसूस हुई व लगा मानो मन की मुराद पूरी हो गई। नोनू की परिकल्पनाओं को नया रूप देने व सोमी व अंकित की परेशानियों का हल गिल गया।

ज्यादातर घरों की यही कहानी है। तो देर किस बात की, बस आज़माइए, बच्चों को उड़ने दीजिए, मजबूत पंखों के सहारे नयी–नयी सोच व उसमें भरे नए रंगों के साथ।

8) लालता बाई

लालता बाई, यानि यादों के झरोखे में से पुरानी यादों का स्वयं में याद आना स्वयं में एक प्यारा सा अनुभव लगता है, जहाँ बिना किसी प्रयास के हम अनायास उस जगह पहुँचते हैं जो बहुत पहले हम छोड़ चुके होते हैं। एक अनजानी सुखद सी खुशी महसूस होती है तो कभी अनचाही उदासी सी आती है।

आज छुट्टी का दिन था, सुबह की भागादौड़ी नहीं थी। बच्चों की जिम्मेदारियाँ पूर्ण होने पर दिनचर्या भी खुद–ब–खुद बदल जाती है।

''आपके लिए तुलसी की चाय बना दूँ क्या?'' मेरी मेड ने स्वाभाविक सा प्रश्न पूछा।

''हाँ, बना दो।'' मैंने कह दिया

''अरे ! सुनो ! तुम आज पुदीने के पत्ते व नींबू रस वाला पानी पिला दो। हाल ही में गुजरात में बडोदरा में एक निकट विवाह में जाने का सौभाग्य मिला। वहाँ रेस्टोरेंट में हर मेज पर हर पानी की बोतल में पुदीने के पत्ते डाले हुए था। स्वस्थ जीवन के लिए एक छोटा सा स्वस्थ प्रयास। अच्छा लगा।''

पुदीना रस व चटनी न जाने कितनी बार बनाई व खाई भी है परंतु ना जाने आज कैसे अतीत के कौन से पन्ने से पुदीने के बहाने मुझे लालता बाई याद आ गई। एक स्वप्न समान चलचित्र की मानिंद उसका चेहरा हू–ब–हू आँखों के सामने आ गया।

पापा को यूनिवर्सिटी में प्रोफेसर कार्यरत होने की वजह से बड़ा सा बंगला मिला था। आगे सुंदर सा लॉन व पीछे किचन गार्डन की असीमित भूमि। जहाँ हमारी मम्मी ने, जिन्हें बागवानी का जूनूनी शौक था, शायद ही कोई सब्ज़ी, फल व यहाँ तक दालें, अंगूर लगाए हुए थे। वहाँ पहले से एक आम, जामुन, कागजी नींबू और न जाने कौन–कौन से पेड़–पौधे थे।

हम नाराज भी होते थे। उन्हें बी.पी. रहता था और डॉक्टर आराम करने को कहते थे पर वह कहती थी, "मेरा बी.पी. मेरे पेड़–पौधों के बीच जाकर ठीक हो जाता है।"

मैं जब भी मायके जाती तो बाबा रे! आम की चटनी, तरह–तरह के खट्टे–मीठे अचार, टमाटो सॉस, तरह–तरह की चीजें बनकर बोतलों में रखी मिलती थी। मम्मी बहुत प्यार व स्नेह से बनाती थी और उससे ज्यादा आत्मीयता से उनके बनाने के तरीके को बताती थी। लौटते वक्त उनका मन सारे फल–सब्जियों को साथ में देने का रहता था। तब अपनी कारें भी नहीं थी, बस व रेलगाड़ी

से आना होता था, मम्मी के चेहरे से लगता था कि कुछ भी न छोड़ें वहाँ पर, सब ले जाएँ।

"देखो, सीधी रेलगाड़ी है, एक बार सामान रख दिया तो तो बस वहीं उतरेगा, कुली कर लेना। वैसे भी मुख्य जंक्शन है, गाड़ी थोड़ा ज्यादा देर रूकती है।"

मम्मी के आँखों के उत्साह में मना ही नहीं हो पाता था ये बात दूसरी है कि स्वयं का मन भी होता था उस प्यार से सींची बागवानी के मीठे स्वाद को चखने का। वैसे भी मायके से मिली एक छोटी सी चीज भी बहुत मूल्यवान होती है क्योंकि अपने माँ–पापा का असीम स्नेह छुपा होता है।

मम्मी के सारे दिन की व्यस्त दिनचर्या में आराम शब्द नहीं था। उसी सिलसिले में उन्हें बहुत मुश्किल से राजी किया कि रसोई व घर में मदद हेतु एक बाई रख ली जाए। मम्मी को अपने परिवार के लिए सारे काम खुद करने की आदत थी और रसोई में तो किसी ओर का प्रवेश बिल्कुल भी नहीं। उन्हें उनकी सेहत का वास्ता देकर घर के काम में मदद के लिए एक बाई रखने का निर्णय लिया गया।

मैं वापिस अपने शहर आ गई पर एक पत्र के माध्यम से पता चला कि एक बाई रख ली गई है, जिसका नाम लालता है। थोड़ा अटपटा सा नाम था, ललिता तो सुना था पर ये लालता... खैर, मम्मी

ने बताया कि गाँवों में सही उच्चारण न होने की वजह से कई बार नाम ऐसे ही बदल जाते हैं।

आने वाले पत्रों से मुझे पता लगा कि मम्मी की बागवानी का शौक और बढ़ गया है, कुछ नए–नए प्रयोग हो रहे हैं और हम वहाँ कब आएंगे, इसका इंतजार भी हो रहा है।

ये तो निश्चित था कि लालता मम्मी को भा गई वरना हमें डर था जल्दी ही उसकी छुट्टी न हो जाए।

खैर, बच्चों की कुछ दिन की छुटि्टयाँ हुईं। मम्मी व उनकी लालता बाई से भी मिलने का मन था।

हम जब घर पहुँचे तो नज़ारा कुछ ऐसा था–मम्मी खाना बना रही थी व लालता गरमा गरम परांठे पालथी मारकर मजे से खा रही थी। मम्मी के स्नेहिल व्यवहार के तो सब कायल थे ही, पर ये क्या, वाह! क्या बात है? मैंने धीरे से रसोई में प्रवेश किया।

''अरे! तुम कब आई, मुझे तो पता ही नहीं चला।'' मम्मी एकदम उत्साहित हो गयी। बच्चों को प्यार व ढेरों आशीर्वाद देकर मुझसे बोली,''चलो तुम भी आ जाओ, गरमा गरम गोभी के परांठे बन रहे हैं, लालता ने पुदीने की चटपटी चटनी बनाई है, सिलबट्टे पर खूब अच्छे से घिस–घिस कर।''

''अच्छा तो तुम हो लालता, तुमसे ही मिलने आई हूँ खास।'' मैंने उसे गौर से देखकर कहा।

उसने करबद्ध प्रणाम किया और पैर छूने लगी।

"अरे नहीं भाई, मैं इतनी बड़ी नहीं हूँ।" मैंने हिचकिचाकर पांव पीछे खींचे।

उसने स्नेह से मुझे व बच्चों को देखा। अपनी थाली छोड़कर खड़ी हो गई।

"अरे, तुम पहले अपना खाना खा लो।" मैं उसे हिचकिचाते देख रसोई से बाहर आ गई।

उम्र उसकी होगी कोई 35–40 वर्ष के बीच पर गरीबी व चेहरे पर छाई व्याप्त उदासी की लकीरों ने उसके चेहरे पर समय से पहले प्रौढ़ता ला दी थी। नैन नख्श तीखे थे, रंग श्यामला होने के बावजूद उसकी बड़ी आँखें व तीखी नाक अपनी उपस्थिति दर्ज किए हुई थी। पतली–दुबली एक सूती धोती व पुराने से ब्लाऊज पहने थी, हाथों में ढेर सारी चूड़ियाँ व माँग में पीछे तक सिंदूर। बालों पर तेल लगा था पर कायदे से सँवरे व एक छोटा सा जूड़ा जो कि चोटी गूँथने के बाद बनाया हुआ था, पैरों में आलता व बिछुए पहने थी।

थोड़ा सकुचा गयी। मैं अपने साथ उसके लिए कम इस्तेमाल हुई साड़ियाँ व एक नयी साड़ी भी लाई थी। मैंने उसे दी तो कृतज्ञता उसकी भाव–भंगिमाओं से झलक रही थी। दोनों भौंहों के बीच कुछ हल्का सा गोल निशान था।

''अरे! तुम्हारे माथे पर तो बिंदी बनी हुई है।'' मैंने कुछ आश्चर्य से हँसते हुए कहा।

वो कुछ गंभीर हो गई। मम्मी ने इशारे से आगे न बोलने का इशारा किया। मैं चुप हो गई शायद मामला कुछ और था।

और वाकई मामला कुछ और ही था। शाम को सारा काम निपटाकर वह चली गई। मैंने मम्मी से पूछा।

''आपने बोलने से मना किया, क्यों, क्या बात है?''

''अरे, बहुत दुखियारी है ये लालता।'' मम्मी करुणा से भर गई।

''क्यों, क्या हुआ?'' मुझे उत्सुकता हुई जानने की।

''ये यहाँ यूनिवर्सिटी के बाहर पास की झुग्गियों में रहती है। पति शराबी है दिन में दोनों मजदूरी करते थे। वह अपना पैसा शराब में लुटा देता है और इसके साथ मारपीट करता है, बच्चों को भी मारता है, एक बेटी व एक बेटा है। सास–ससुर व ननद भी है। परिवार बड़ा, आमदनी कम उस पर शराब की लत।''

''इसको आपके यहाँ किसने लगवाया?'' मैंने पूछा।

''पास की सरोज जी ने। इधर की तरफ गुजरते हुए इस लालता पर उनकी निगाह पड़ी व न जाने क्यों उससे बात की। उन्हें एक घर के लिए कोई मदद चाहिए थी। रख ली। कई महीनें से है,

अच्छे से करती है, आदत अच्छी है। मैंने जब जिक्र किया तो उन्होंने कहा आप भी रख लीजिए, उसे थोड़ी और मदद हो जाएगी व हमें भी।''

''ये इसके माथे पर बिंदी जैसा कैसा निशान है?'' मैंने पूछा।

''अरे, इसके आदमी ने जब इसे मारा तो यहाँ एक निशान सा उभर आया फिर वहाँ की त्वचा पर काला सा निशान बन गया। स्त्री है अपने चेहरे पर बने इस अनचाहे भद्दे निशान को छिपाती थी। मैंने पूछा तो पहले तो बताया नहीं।''

''फिर कैसे बताया?'' मुझे उससे हमदर्दी हो चुकी थी। एक दिन मुझे लगा कि आज भूखी है कुछ निढाल सी थी। धीरे–धीरे काम कर रही थी।

मैंने उसे चाय व डबल रोटी दी। वह खा रही थी साथ ही उसके आँसुओं की गंगा–यमुना अविरल बह रही थी। मैंने उसे बिस्कुट और दिए। न जाने कब से खाया नहीं था, उसने सच में कुछ नहीं खाया था व कुछ बिस्कुट अपने बच्चे को खिला देगी, रखने लगी। मैंने कहा,''तुम ठीक से खाओ। मैं और दे दूँगी।''

अब वह थोड़ा सहज हो चली थी। उसने तब ये सब बताया था। मुझे लगा कि कुछ करना चाहिए। जो आपके साथ किसी भी रूप में है, उसे अगर मदद न करे तो ठीक नहीं है। और अब जब शाम को आती है तो अपने दोनों बच्चों को भी ले आती है। मैंने कहा था उसे

लाने के लिए। दोनों को पढ़ाती हूँ, थोड़ा पढ़ना सीख लेंगे तो पास के स्कूल में दाखिला करा दूँगी। नही ंतो वह भी ऐसी जिंदगी बिताएँगे। मम्मी बता रही थी और मुझे अपनी जननी पर गर्व महसूस हो रहा था। कितना सोचती है दूसरों के लिए और न सिर्फ सोचती है वरन् उसके लिए प्रयास भी करती है पूरी ईमानदारी व निष्ठा से।

''आज नहीं आए पढ़ने?'' मैंने सवाल किया।

''नहीं, आज तुम सब आए हो न।'' मम्मी ने प्यार जताया ''और ये बिंदी वाले निशान का क्या हुआ?'' मैंने फिर जोड़ा उस सवाल को।

''मैंने उसे एक घरेलू समाधान बताया जिससे उसका निशान बस चला गया, थोड़ा सा बचा है वो भी चला जाएगा। मैंने उसे पुदीना पत्ती पीसकर थोड़ा दही व खीरे के रस के साथ लगाने को दिया, कुछ दिन में ठीक हो गया। अभी दो चार दिन और लगाएँगी तो बिल्कुल ठीक हो जाएगी। जब आई थी तो रंग भी ज्यादा साँवला था, उसे नहाने के लिए साबुन दिया और कहा कि देखो नहा–धोकर ठीक से आना कपड़े धोने का साबुन भी और कुछ अपनी साड़ियाँ भी।''

''दुःखी रहती थी अपने पति व घरवालों के व्यवहार से। उसे समझाया कि दुःखी होने से कुछ नहीं होगा। काम में थोड़ा मन लगाओ। बच्चों पर ध्यान दो, अभी थोड़ा मैं पढ़ाऊँगी फिर स्कूल

जाने पर भी शाम को यहीं भेजना–गृहकार्य करवा दूँगी। अपने आने वाले दिनों के सपने देखो, ये बच्चे तुम्हारी जिंदगी बदलेंगे उसके लिए खुद का ठीक रहना जरूरी है ना। उसे बात समझ में आई, अब बातें भी करती हैं। बच्चों को नहलाकर, पढ़ने नियम से लाती है। तुम्हारे बच्चों की उमर के ही हैं इसके बच्चे, इसलिए उनके कपड़े, जूते आदि तुम्हें लाने को लिखा था।''

''हाँ–हाँ लाई हूँ, ये तो मैं भूल ही गई। मम्मी आप सच में कितनी अच्छी हो, इतना बड़ा दिल कैसे है आपका। आपने सहजता सरलता से विश्वास कर लिया और न सिर्फ उसकी अपितु उसके भविष्य की चिंता भी कर रही हो और सार्थक प्रयास भी।''

मम्मी मुस्कराई व बोली कि ऊपर जाकर भी बताना है, कि क्या कर्म किए इसलिए थोड़ा बहुत जो हो सके, कर रही हूँ।

अगले दिन लालता बाई मेरे द्वारा लाई साड़ी पहनकर आई व मुझसे अपने लिए तारीफ़ सुनना चाह रही थी।

''ऊँ हूँ!!! अरे, बड़ी अच्छी लग रही हो।'' मैंने उसके मन के भाव जान लिए थे।

शरमाकर अंदर रसोई में चली गई और फिर लौटकर आई बोली,'' थनकु दीदी जी।''

''थैंक्यू बोल रही है'', मम्मी ने हँसकर कहा।

''ओ........अरे वाह! कहाँ से सीखा?'' जानते हुए भी मैंने पूछा। क्योंकि मम्मी बच्चों को तौर–तरीके भी जरूर सिखा रही होंगी।

''इनसे, माँजी से'', उसने प्रसन्न मुद्रा में कहा।

''बहुत अच्छी बात है। बच्चों के साथ–साथ तुम भी पढ़ना सीख लो।''

''घर पर बच्चे सिखाते हैं, अब कुछ दिनों से हमारा आदमी किसी–किसी दिन शराब पीता है, रोज नहीं।''

''वो कैसे?'' मुझे हैरानी हुई।

''माँजी ने बुलाया था एक दिन, उसे समझाया था। उस पर असर हुआ है बात का।''

मम्मी मंद–मंद मुस्करा रही थी। मम्मी के अकेलेपन में उनकी बागवानी के साथ–साथ कुछ जीवन की सार्थकता भी मिल गई थी।

मम्मी की दिनचर्या जब हम छोटे थे, एकदम दुरूस्त थी। हम भी न पढ़ने का कोई कारण नहीं बना पाते थे। मैं सोच रही थी कि असली समाज सेवा तो यही है जब आपके प्रयासों से किसी की जिंदगी बदल जाए।

हर घर में ऐसी न जाने कितनी लालता बाई होंगी जो परेशान, व्यथित, निराश व परेशान होंगी। यदि हम सभी अपने

आस–पास के लोगों के दर्द को थोड़ा कम कर सकें तो शायद मंदिर जाने से ज्यादा पुण्य कार्य होगा।

मेरा ऐसा मानना है और आपका?

You can contact the Publisher at:

www.fanatixx.in